호미 끝에 걸려 나온 세상

푸른나귀 문집 II

호미 끝에
걸려 나온 세상

초판 1쇄 발행 2024년 2월 10일

저자 이필선

발행인 이인구
편집·디자인 손정미

종이 영은페이퍼(주)
출력·인쇄·제본 (주)조은피앤피

펴낸곳 한문화사
주소 경기도 고양시 일산서구 강선로 9
전화 070-8269-0860
팩스 031-913-0867
전자우편 hanok21@naver.com
출판등록번호 제 410-2010-000002호

© 이필선, 2024

ISBN 978-89-94997-54-4 03810
가격 15,000원

푸른나귀 문집 II

호미 끝에
걸려 나온 세상

청려靑驪 이필선

한문화사

쇠스랑과 호미를 벗 삼아 농막에 작은 책상을 하나 들여놓고 한 꼭지 한 꼭지 어설픈 일기를 써내려 온 지 일곱 해가 되었습니다.

인생 후반기 '삶의 질'을 높이려 귀향을 결심했던 판단이 치열한 생존경쟁에서 회피하려는 구실은 아니었던가 뒤돌아볼 수 있는 충분한 시간이 되었습니다.

젊은 시절 가지 못하였던 길을 이제나마 걸어갈 수 있음이 행복이라 생각하고 현재의 삶을 만족하면서 '백 년을 천 년처럼' 꾸며 가려 노력합니다.

처녀작 시집 '푸른 나귀'를 발간하고 3년의 세월이 흘렀습니다.

그동안 각종 문예지에 발표하였던 시들과 틈틈이 창작한 시들을 '1~2부'로 엮고, 담론으로 향토지에 기고했던 논문과 기행문을 '3부'로 엮어서 전형적인 시집 형식의 틀을 벗어나긴 하였지만, 문집이라는 이름으로 발간하게 되었습니다.

이는 전문적인 글쟁이가 아니라서 글 꼭지에 시평(詩評)을 주워 담기도 멋쩍고, 그 공간에 형식은 다르지만, 나의 작품을 하나라도 더 얹는 것이 옳겠다고 생각했습니다.

글이란 작가의 생각을 독자가 읽고 어떻게 받아들이는지는 독자의
몫이라는 말에 동의하는 작가의 뜻이기도 합니다.

두 번째 문집을 내면서 또 하나의 버킷리스트가 떠오르는데, 농삿
일을 하면서 틈나는 대로 고향의 산하를 쏘다니며 습작한 이야깃
거리를 언젠가 한 권의 책으로 펴낼 수 있기를 희망하며 늘 정진을
다 하겠습니다.

항상 미천한 글에 생명력을 불어넣어 주시고 격려해 주시는 한문화사
이인구 대표님과 문집 완성을 위해 정성을 다해 편집해 주신 손정미
님께 감사함을 표합니다.

아울러 내 꿈을 펼칠 수 있도록 응원해 주고 격려 해준 가족들, 특히
지난해 태어난 손주에게도 할배의 사랑을 전합니다.

감사합니다.

2024년 정월에
청려(靑驪) 이필선

❖ 목 차

작가의 말 · 4

제1부 배롱나무의 항변

제2부 다듬이 연가

제3부 바구니 속 담론

제1부

배롱나무의 항변

———

고라니의 변(辯)

건너지 말아야 할 길을
어쩔 수 없이 건너다 만
검붉은 부스러기 한 조각.

그 건너에 그리운 동무가 있다기에
저 너머에 무지개 동산이 있다기에

굴러오는 바위 조각 보다는
내 발걸음이 내 마음이
더 빠를 것이라는 생각에
건너가 보리라 다짐한다.

달려오는 불빛에 눈망울은 커지고
몰려오는 바람에 갈기털이 곤두서며
떨쳐오는 벼락을 온몸으로 느끼면서

작은 몸뚱이
한 점 부스러기가 되고서야
자신의 영혼이 가볍다는 것을
그제야 깨닫는다.

갯벌

은포리* 앞바다에
달의 힘이 미치면
바다는 두꺼운 옷을 벗는다.

물안개 서서히 물러서고
건너편 고마니재**가 보일 때,
갯가의 아낙들은 갯벌 속으로 스며들어
바다의 등허리를 시원하게 긁어준다.

바닷바람을 가르던 갈매기 한 쌍,
호미질하는 아낙의
굽은 허리에 만 근 추를 매어놓고
아낙의 넋두리를 대신하며 날아간다.

살포시 발등을 간질이며
다가오는 바다의 손길이
가슴으로 밀려들어
눈썹 위 깊게 파인 한 줄 선을 메워준다.

은포리 앞바다에
내리사랑이 영글면
바다는 다시 옷을 입는다.

---

* **은포리** 충남 보령시 대천방조제 주변 지명.
** **고마니재** 봉대산 줄기로 보령 읍성과 충청수영을 오가기 위해 넘는 고갯길.

사금파리

고라니가 주인 되어 뛰노는 골짜기
천수답에 물꼬를 대러 온 농부의
발길에 놀라
덤불 속으로 숨어든다.

새파란 하늘이
쨍그랑 소리 내며 깨질 듯
반짝이며 눈에 들어온
사금파리 한 조각

언젠가 어느 장인의
혼과 손길이 묻어 있는지

사기막골*
이젠 이 골짜기
지명도 사그라져
불러주고 들어주는 이 없지만,

고라니 발바닥에
사금파리 비췻빛 어리겠지
멧돼지의 콧잔등엔
옛 도공의 혼은 묻어나겠지.

---

* **사기막골** 보령시 청라면 의평리 갬발 저수지 위쪽의 옛 지명으로 사기를 굽던 가마가
있었다는 골짜기.

고향길

세밑 이른 아침
하늘길 가르며
부지런하게 고향길을 찾는데
앞선 놈이 선창을 먹이면
뒤 놈이 후렴을 치며 북풍을 가른다.

멀리 시베리아 땅
그곳이
기러기에겐 남쪽 하늘이다.

아카시아 꽃 피고
송홧가루 날리면,
부지런하게 제 짝을 불러대며
앞산 소나무 꼭대기에서
덤불 속 개개비의 집을 훔쳐본다.

수만 리 바다를 건너온 땅
이곳이
뻐꾸기에겐 남쪽 하늘이다.

한낮 땡볕 아래

제 자식인 양

날갯짓 멈추지 못하며

저보다 큰 입속으로 벌레를 물어다 준다.

대대로 살아온 고향 땅

올해엔 이곳은

개개비에겐 북쪽 하늘이다.

그리움

그곳에 가면
기다림이 있다.

낮은 언덕 뒤에 업고
구절초 흐드러진 덤불 속
엇비스듬히 초가삼간 누워있다.

토방에 놓인
검정 고무신 한 짝
그 집에 살던 아이의 웃음소리
들리는 듯하고

기울어진 부엌 문짝에
거미가 주인 되어 왕국을 차렸지만,
아궁이에 밥 짓는 연기가 그을림이다.

새하얀 박꽃 달맞이하던 지붕엔
보랏빛 칡꽃 이엉을 대신하는데
쥔장은 어디로 마실* 갔는지,
솔바람만 흐느적거리며 무심하다.

_____

* **마실** '마을'의 방언, 마을 가다.(관용) ; 이웃에 놀러 가다.

언제인가
마실 간 쥔장이 헛기침하며
사립문을 들어설 때,
검정 고무신 주인도
재잘거리며 찾아올 터인데

그 집은 그대로 있겠지
그 아궁이에는 불이 지펴지겠지.

밤꽃 내음

새벽바람이
문풍지를 두드릴 때
이불속을 박차고 뜰팡*으로 뛰쳐나간다.

이웃집 아이들보다도 먼저
돌담 밖에 떨어진 알밤을 주워야
가을 소풍 때 삶아 갈 수 있기에
사립문 밀치며 쏜살같이 나섰다.

온 동네가
누렇고 하얗게 밤꽃이 필 무렵
코끝으로 스며드는 쾌쾌하고도 달큼한
스멀스멀 다가오는
야릇한 내음에 몽롱해지면,

밤나무는 울안에 심는 게 아니라는
동네 어르신들의 이야기가 떠오르고,
돌담 안쪽보다도
돌담 밖으로 떨어진 알밤이
더 굵고 맛있다고 한 것을

이제야 기억되며
그 얼굴이 그려진다.
그 미소가 그려진다.

---

* **뜰팡** 뜰, 토방의 방언.

밤비

창문을 두드리는 소리에
놀라
꿈결 속을 헤매다가 뒤척인다.

언뜻 지나간 청춘이 언제였는지
매듭을 이어가는 한줄기 인생을
오늘도
빗소리에 놀라 다시 이어간다.

가느다란 거미줄에
바동대며 탈출하려는 잠자리와
명주실 뽑아내며 옭아매려는 거미가
끈을 놓지 않는다.

누구에게나 언젠가는
거미줄 같은 삶의 이어감을
내려놓을 수도 있다는 것을
잊으며 살아간다.

다시 잠들기 어려운
밤의 전령이
창문을 서성이며
줄다리기를 조르고 있는 중이다.

애장터

찔레꽃 하얗게 구름 피워
여린 순을 내어주고,
무덤가 삘기에 달큼한 물이 오르며
시큰한 시엉*풀이 우릴 유혹할 때,
엄니는 뒷산 모퉁이를 가지 못하게 말렸다.

품에 안은 어린 자식
거적에 둘둘 말아 아비의 지게를 타고
찔레꽃 내음 가득한 그곳에 내려졌다.
돌멩이 하나 눌러놓고
표적으로 삼았다지만,
밤마다 들려오는 아기의 울음소리에
엄니는 그곳을 가지 못하게 말렸다.

그 아이 때문에
어미의 젖가슴을 빼앗기고
그 아이 때문에
할머니의 빈 가슴만을 차지했다.

---

* **시엉** '시다'의 방언 활용형으로 들이나 야산에 자라는 신맛의 풀.

한 갑자 지난 건너편

대고모 할머니의 품에서

그 아이와의 헤어짐에

그렇게도 울어댔던 조각이

산모퉁이 덤불 속에 남아 있을 것 같아

그곳을 찾아보았지만

돌멩이는 알아볼 수 없었다.

바람(風)은 바램(願)*을 떨치고 달려간다.

---

* **바램** '바람'-바라는 일, 소망, 염원의 잘못된 표현.

과꽃

함초롬히 피어난 자줏빛 꽃잎 속에
노란 보석 알갱이 품어
내 사랑이 당신 사랑보다
더 깊음을
가을 하늘에 말하려 하고

수줍은 듯 고개 숙인 붉은 꽃잎 속에
연둣빛 진주 알갱이 품어
추억 속의 사랑을 머금은
그 사연을
가을바람에 전하려 한다.

고추잠자리 유영을 쫓아
흔들거리는 과꽃들의
찬미하는 속삭임 속에
지난 이야기가 실려 퍼진다.

연보랏빛 치마에
곱게 빗어 올린 머리
밝은 웃음 던지며
옛이야기는 하지 말라던
그 여인

과꽃이 전하려 했던
그 목소리가
바람 타고
구름 타고
과거 속 천상으로 달려간다.

수줍게 피워낸 하얀 얼굴
내 작은 꽃밭에 넘실거린다.

기우제(祈雨祭)

거북의 등껍질 위로 무거운 태양이 얹어질 때
바람도 멈추고
풀벌레의 울음마저 사라진 채
누런 황토밭이 흙먼지로 푸석거리며
대지는 목마름에 타오른다.

평편한 하늘에 한 가닥 거미줄을 전세 내어
왼편 산자락에서 오른쪽 끄트머리 용소(龍沼)*까지
정열의 붉은색에서 서글픔의 자줏빛으로
붓 한 자루에 힘을 빌려 획을 그으면
무지개는 그네를 타듯 곡예를 한다.

한 점 구름이 되어 바람이 얹어지면
그는 신이 된다.
아니, 하늘을 향한 원망이 눈물이 되어
땀이 되어 가슴을 적시고
꽹과리와 태평소의 부름에 신이 다가와
용소(龍沼)에 무지개다리를 걸쳐 놓는다.

---

* **용소** 청라면 황룡리 용이 산다고 전해지는 못.

한 알의 씨앗이 농부의 땀을 먹고
한줌의 알곡으로 다가온 것은

그 뜨겁던 여름
농부의 타는 가슴을
태평소의 가녀린 소리에 담아
오롯이 하늘에 뜻을 전해준
거미줄의 힘이었다.

기도하는 마음

밤새 내린 하늘의 축복이
온 천지를 하얗게 펼쳐지는 계절이 되었구나!
두 손 잡은 너희들의 힘찬 발걸음 앞에

눈보라가 몰아칠 때에도
눈 속에 빙판이 숨어 있을지라도
잡은 손 놓지 않는다면

30여 년 앞서 이 길을 지나간
아비, 어미의 발자국에
너희들의 발자국이 얹어질 때

그 따스한 온기가 전해질 것이며
잠시 뒤 돌아보면서
힘을 받게 될 것이다.

사랑하는 지혜야, 관형아!
오늘 나의 딸이 되어줌을
사돈어른의 아들이 되어줌을
고맙게 생각한다.

두 손 꼭 잡고
도화동문*을 향한
복사꽃 활짝 핀 곳을 향한
행진에 축복을 기원한다.

2020년 12월 19일 아비, 어미가

---

* **도화동문(桃花洞門)** 보령시 청라면 의평리에 있는 옛 석각문, 무릉도원 입구.

석류 꽃

파릇함이 퍼지던 나뭇가지 사이
붉은 입술 훔치며
살포시 얼굴 내밀더니
가을 문턱 들어서던 어느 날,
입술 안으로 자수정 이빨을 보이며
날카로운 가시로 무장하곤
속살을 감추듯 보여준다.

석류의 붉은 치아가
내 입술을 부르며 유혹을 하며
쉽사리 다가서질 못하게 가시 장벽을 치지만,
톡 소리 상큼하게 터지며
신맛으로 사랑의 정열을 대신하는
사랑하고픈 여인의 입술이다.

산속에 숨어 있는 옹달샘이
젊은 청춘 설레게 하고
숨을 헐떡이게 하는 가슴앓이 불러오듯
석류의 알갱이는
보일 듯 말 듯
보여주지 않는 맛으로
심장에 대못이 박히는
통증으로 내게 다가온다.

돌탑

금빛 물결 일렁이는 들녘을
수백 년 동안 바라보았을
동구 밖 느티나무 아래
어릴 때 뛰놀던 너른 바위 위에
돌 하나를 주워 올린다.

초석으로는 내게 아픔을 주고 떠난 임에게
둘째 단에는 내가 미움을 주고 보낸 이에게
그 위로는 나를 사랑하고 기억하는 모든 임에게
또 그 위로 나와 인연이었던 모든 이들의
마음에 평온이 깃들길 기원하면서
돌 하나하나 올려 쌓는다.

들녘 바람이 돌탑 사이를 스치며
그 이야기에 귀 기울이며
가을하늘 날던 고추잠자리
그 이야기 엿들으려 날갤 접을 때
파란 하늘 하얀 구름
허연 머리카락 흩날리는 소년의
가슴으로 내려앉는다.

별빛에 바람이 스치면
돌탑 위로 별이 내려앉는다.
눈먼 소년에게도 사랑이었다.

우렁이 각시

그곳을 오며 가며*

흘끗

그 동네를 훔쳐보고는

지나치기를 수없이 했는데

정작

발길을 멈추고

전화 한 통 걸기가 힘들었다오.

그냥

먼발치에서

잘 살고 있겠지

오순도순 도란도란

이야기꽃을 피우고 있겠지

행복한 울타리를 만들어 가고 있겠지

핸들을 꼭 잡고, 가속기에 힘을 주었답니다.

---

* **오며 가며** '오다가다'의 시적 표현.

지나간 추억을 말하여 무엇 하리오

그 시절을 말하여 무엇 하리오

다시 만난 들 무엇 하리오

하지만

그 모든 것이 그립답니다.

젊은 시절

그 넓던 평야의 논두렁 한 귀퉁이가

지금은

높은 아파트로 불빛은 휘황하지만

그곳엔

지금도 내 마음속

우렁이 각시가 살고 있답니다.

담쟁이 넝쿨

회색빛 담벼락에
고동색 물감을 묻혀서
일필휘지 휘두르면
벽화를 그리는 작업이
봄 내내 시작된다.

고독이라는 캔버스에
연두색 물감을 찍어서
줄기차게 빨아올리면
어둡던 담장이
여름 내내 활력으로 덮어지고

소슬바람 잎새*에 얹어질 때
담장 밖
개구쟁이들의 조잘거림이
바람 타고 흩어지며
한 잎, 두 잎
낙엽 되어 가을을 찬미하고

---

* **잎새** '잎'의 방언.

빈 겨울이 다가오면

회색빛 담벼락엔

자연에 순응했던 담쟁이가

삶의 여백을 남기고

순백의 고향으로 떠납니다.

한내천

갈대는 바람을 탄다.
수줍은 듯 서석거리며
바람이 불면 부는 대로
바람이 없으면 없는 대로
눈길을 한곳으로 한다.

여울은 구름을 탄다.
뛰어가는 듯 재잘거리며
구름이 흐르면 흐르는 대로
구름이 없으면 없는 대로
발길을 한곳으로 한다.

바람이 숨을 쉬면
개개비들의 놀이터가 되고
구름이 그늘이 되면
피라미들의 춤사위가 시작되고

한내천* 여울물

은빛 파도를 헤치며

궁둥이를 하늘로 자맥질하는

물오리의 주둥이엔

물이끼가

未完의 詩가 되어 묻어난다.

---

* **한내천** 보령시내 한 복판을 가로지르며 흐르는 하천.

동반자

항상 그래* 왔던 것처럼
오늘도
당신은 내 곁에 있습니다.

언어로는 통하지 못하여도
언제나 꼭 붙어 나의 행동 따라
내 존재를 지켜주며
쓸쓸함이 묻어 있는 산책길에도
내 발바닥에 잇대어
당신은 나를 떨치지 않는
유일한 친구입니다.

온종일 나와 함께한 당신
오로지 나의 안위를 위해
곁을 떠나지 않으니
말로는 표현하지 못하여도
당신은 나의 영원한 혼입니다.

안온한 침대 속으로
육신을 눕히고 등불을 끌 때면
당신도 발 밑 이불 속
어둠의 동반자가 됩니다.

---

* 그래 '그렇게 해'의 시적 표현.

토룡의 변(土龍의 辨)

어디를 가던 길이냐고 묻진 않으마.
지나온 흔적마저 화석이 되어
논두렁에 멈춰버린 너의 나신(裸身)이
검은 가죽만 남긴 채
풀냄새 흙 내음마저도 느끼지 못하고
하늘의 빗소리만 기다리누나.

건너편 물 대인 논에는
백로의 긴 주둥이가 널 기다리고
트랙터의 뒷바퀴가 거대할진대
잠깐 내린 여우비에
온 세상이 네 세상인 양
그 길을 꼭 건너야만 했단 말이냐?

박제되어 꼬부라진 너의 몸뚱이를
누가 기억해 준단 말이냐?
존재했었다는 사실을.
기억하고 있다는 사실을.
노란 유채꽃 이파리만이
지렁이의 주검 위로
무심하게 흩날릴 뿐이다.

허상(虛像)

불러도 대답 없는 이름이
하나, 둘, 성기어 갑니다
입안의 모래알 구르듯
그 이름 맴돌지만

구름이 산허리 꺾어가듯
냇물이 산굽이 돌아가듯
홀씨 되어 흩어진 이름이건만

실바람 타고 흐르다 보면
재잘거리는 실개천 따라가다 보면
버선발로 달려와
벌써 왔냐고
인제 왔냐고

그 이름
모래알 뱉어지듯

그 이름
내 몸 안에 용트림을 꿈꿉니다.

가설극장

장마당이 높은 광목천으로 가려지고
북과 나팔을 울리며
한 무리 광대가 마을을 돈 후엔
달님도 깊은 잠에 빠져들고

별빛 어스름한 논두렁 길
어른, 아이 앞서거니 뒤서거니
잰걸음 소리에 놀라
풀벌레 개구리울음 멈추게 하고

발동기 돌아가는 소리
빗줄기 퍼붓는 장막에 부딪혀
화면이 춤을 추어도
눈물 그렁그렁 두 눈 반짝거리던
'저 하늘에도 슬픔이'

살짝 열어둔 창문 틈새로
고해 속 뒤척임에 빠진
아스라이 건너편 그 개구리
그날처럼 함성 지르며
장막 속으로 어여* 오라 하네.

---

* **어여** '어서'의 사투리.

향수병

밤늦은 시간
어릴 적 동무가
먼길 찾아왔다고

달려 나와 반겨주며
넘겨준
키조개 한 바구니.

찜통 속에
서너 개 집어넣고
끓는 향내 맡으니
고향 내음에 가슴 뭉클하고

옆지기*와
소주 한잔에
눈가의 이슬을 감춘다.

정을 느끼며.

---

* **옆지기** 배우자의 속어.

라이브 카페

통기타 소리와
생맥주 한 잔에
잃어버렸던 가사들

7080
머리에 서리가 내리고
이마에는 갈매기 날건만
그 옛날을 그리워하고
그 시대의 음악이 흐르는 곳에

불빛 찾아 나르는 부나비*처럼
그들은
그들만의 향수 속으로 날아든다.

이제 중년의 나이가 되었건만
의자에서 엉덩이를 떼지 못하고
어깨춤을 덩실거린다.
목청 놓아 따라 부른다.
양손을 높이 들어
하늘을 흔들어 댄다.

그들은
그들만의 향수를 그리워한다.

─────────────

* **부나비** 불나방의 속어.

그곳에 가고 싶다

한낮의 이글거리던
태양은
도시를 불태우고
사람을 팥죽 만들고
아파트 숲속으로 사라졌다.

도심을
열대야 섬으로
만들어 버렸다.

만년설에
겹겹이 쌓여있던
융푸라우를 생각한다.

초여름 녹음 우거진
가파른 언덕과
동굴 길을 지나
힘겹게 오르는 등정 열차에서
설경 속을 힘차게
내리쏘며 스키 타던
서구 여인을 생각했다.

융푸라우 정상에서
찬바람에 옷깃 여미며
만년의 세월을 지켜온
대 자연의 위대함에
고개 숙였다.

기다랗게 뚫어놓은
얼음 동굴을 지나며
그 얼음의 차가움보다도
눈의 무게에 눌리어
눈이 얼음으로 변한 시간을
손으로 느껴보았다.

지중해의 구름이
알프스산맥을
넘지 못하는 곳에
융푸라우는 있다.

그곳에

이런 날에는
그곳에 가고 싶다.

산사(山寺)에서

나뭇잎 끝에
이슬 머금은
빗방울

네온에 엇비치어
오색 영롱한
진주 되었어라

어둠 속
도로변 바위에
걸터앉아

진주 방울 바라보며
서글픈 아름다움을
기억하노라

가을 예찬

서산으로 뉘엿* 기우는 태양이
한낮을 울어대던
매미들의 세레나데를 머금어 버리고
풀숲 귀뚜라미들에게 자리를 양보시킨다.

시원한 바람 탓에
텃밭으로 나온 아낙은
갈 무 씨앗 뿌리며
고운 장딴지에 흙을 묻히고
개울물 조루에 담아
골고루 대지를 적셔주며
가을을 기다리는 여심이
호미질하던 손으로 흐른다.

어느 낯선 객이 등나무 벤치에 앉아
가을이 오는 소리와
가을이 오는 모습을
넋 없이 바라보며
텃밭 매는 여인에게서
대지에의 모성을 그려본다.

---

* **뉘엿** 뉘엿뉘엿.

향수

물안개 피는 호숫가에
버들강아지 물오르면
쟁기질하던 누렁이가
힘찬 울음으로 봄을 알리고

개똥벌레 춤추는 개울가에
어둠이 내려앉으면
등목하는 아낙들을 훔쳐보려는
설렘으로 여름이 흘러가며

황금빛 누런 벌판에
오곡 물결이 일렁일 적에
여기 사는 촌부의 이마에도
풍요로운 가을이 그려진다

초가집 따뜻한 아랫목에
동치미 한 조각, 찐 고구마 한 소쿠리
아이할배* 할 것 없이
기나긴 겨울밤 사랑으로 보내는 곳

---

* **아이할배** 아이부터 할아버지까지.

꿈에도 잊을 수 없고
가슴속에 살아 숨 쉬는
내 돌아가고픈
나의 옛 시절이여

늦동이

찬 별 사이로
하얀 뱃길 만들며
노 저어 가는
달님을 바라보고
연분홍 나팔꽃 한 송이
수줍게 피어났다.

나비와 벌들도
늦가을 찬바람 속에
달빛 따라 날아올 일 없건만
현관 앞 엮어놓은 발 위로
처연하게 피어났다.

서석이며 소리 내는
마른 잎 사이로
가을이 깊어감을
겨울이 다가옴을 모르는 양
하얄사 연분홍 나팔꽃 한 송이
달빛 맞으려 피어났다.

처마 밑에 매어놓은 줄 따라
가장 높은 그곳에
달님에게 가까이 가려
힘겹게 똬리 틀며
차디찬 연분홍 나팔꽃 한 송이
날 반기려 피어났다.

달과 별
나비와 벌
찬바람과 마른 잎
그리고
연분홍 나팔꽃 한 송이
그들은 따뜻한 봄날을 꿈꾼다.

배롱나무의 항변

잘 꾸며진 도심 속 어느 음식점 정원
윤택 나는 짙푸른 녹색의 이파리를 자랑하며
진분홍 꽃송이가 불길처럼 타오르는 나무가 있다.

커다란 창문으로 고기 굽는 냄새를
온종일 맡으면서도
미끈둥한 몸매를 유지하면서
고고하고 청아한 듯
그 자리를 지키는 나무가 있다.

툭 튀어나온 혹들과 썩어가는 가슴을
시멘트 땜질 당하면서도
네온 불빛을 별빛 삼아
그 시절을 꿈꾸는 나무가 있다.

어느 동네 어디에서 온 나무이던가
내 어릴 적 무동 타고 놀던
동구 밖 그 나무가 아니련가
손가락 끝으로 그 나무 밑둥치를 쓰다듬어 본다.
꽃봉오리들이 간지러운 듯
조용하게 흔들리며 그렇다고.

그렇지
우린 어렸을 적에
간지럼 나무라 불렀었지

날개

그리움이
기러기 되어
가을 하늘을 가른다.
어디론가

그들을 따라가면
그리움을
만날 수 있을 것 같아
그리움에

내 빈 가슴
기러기 날개에 실어
임에게로 보낸다.

강도(江都)

조용하고 아늑한
숲 속 언덕배기
작은 무덤엔
뉘가 누워있는지
잔디 마당으로 낙엽이 뒹굴다.

뒤편 산자락
은사시나무 이파리에
솔바람이 걸치고
앞쪽 풀숲 하얀 갈대
바람에 손짓하며

곱게 물들어
하늘거리는
단풍의 손짓 속에
가을이 떠나감을

아려오는
가을 하늘에
아쉬움을 띄워 보낸다
강도(江都)*의 어느 언덕배기에

---

* **강도** 강화도의 옛이름.

시평(詩評)

보령으로 시집(媤-) 온 시집(詩集) 두 꼬투리
옆 지기는 어떠시냐는 안부도 잊은 채
언어의 마술에 현혹되어
스탠드 불빛이 녹아내리도록 빠져듭니다.

삶의 무게를 당당하게 이겨낸 흔적이
아련한 듯 떠오르는 아름다운 추억으로 승화되어
비 맞은 거미줄에 올올이 엮인 진주가 됩니다.

꽃에게 꽃이냐고 물어볼 수 있음을
나에게 나이냐고 물어볼 수 없음을 빗대어
하현달이 으슥하도록 동무합니다.

지천명을 훌쩍 넘긴 나이에
늦깎이 어스름한 강의실을 함께한 인연으로
끌쩍거린 미완의 졸필을 내보이기 쑥스러웠지만
아직도 그 미숙을 벗어나지 못하는 그대로인데
그는
'모선현혹이론'
'민낯으로 떠돌며 바람의 거처가 되어도 좋겠다'라는
그의 말처럼 삶의 노래가 한층 성숙해짐을
풀벌레가 모스 부호로 속삭여줍니다.

먼길 찾아와 준 친구

가로 등불 어둑한 골목을 서성이며 날 찾아온 날
먼발치에 앳된 단발머리 소녀를 세워두고
네놈의 형수라며 설레발을 치던 녀석은
국보위 시절 위수령을 이탈하여 신촌에 있던 결혼식장을
온종일 헤매며 노란 손수건을 불러댔던 청순파였다.
여드름 꽃 만개한 까까머리에 삐딱하게 쓴 검정 교모가 무거울 때
영등포시장에서 당산동 남도 극장까지 하굣길을 같이 하면서
개똥철학보다 못한 인생 고민을 함께 나누기도 하였지.
그때 영등포역에서 양평동 공장지대로 지나는
외길 철로가 있었는데 그놈의 손에 이끌려 철로 변을 따라가다가
보자기를 좌판 삼아 마늘 몇 종지를 내놓고 호객하는 아주머니 앞에
'인사 혀. 울 엄니여.'
남쪽 하동 땅에서 정미소까지 운영하며 살만하였다는데
큰아들 유학 보내고 아버지 세상 뜨고 어찌하다 보니
엄니와 누이가 함께 당산동 뒷골목에 터를 잡고
셋방살이하던 방에는 갓 쓰고 근엄한 자세를 취한
그의 아버지 흑백사진이 걸려 있었다.
'너는 엄니와 동생들에게 우리 형처럼은 절대 하지 마.'

앳된 단발머리 소녀와 등촌동에 살림을 차리더니 첫딸을 낳고는
삶에 쫓겨 나비넥타이 매고 맥주잔을 나르기도 하고

새벽부터 건설현장으로 뛰어다니며 막일도 마다하지 않더니만
환갑 넘어서도 업체에서 서로 불러대는 기술자로 거듭났으니
측량하러 사창리에 가 마누라 얻고, 학과를 속여 기계과 졸업했다고
공장장까지 해 먹었으니 큰 죄를 범한 것은 틀림없으나
그가 흘린 땀은 저수지를 가득 채우고도 남음이 있으니
고달픈 삶을 꾸려가기 위했던 방편으로 용서되리라
울 엄니도 그를 보면 '응. 우리 아들 어서 와'
그의 엄니도 나를 보면 '응. 우리 아들 어서 오너라'
맨 풀떼기만 먹고 호미질하면 몸 상할까 봐 기름기 먹이러 왔다며
먼길 개의치 않고 부부가 함께 찾아와 준 친구
푸성귀 한 움큼으로 대신하지만
그에게서 내가 보이듯 내게서도 그가 보일까?

엇갈린 평생동지

컨테이너 농막 회색 벽에 기대어 참나리꽃이 피었어요.

붉은 꽃잎을 뒤로 말아 재껴 검은 반점을 드러내놓고 다소곳이 고개를 숙인 것은 멀리서도 호랑나비가 찾아와 꿀 따기 편하도록 유혹하는 것이라죠.

참나리꽃은 꽃잎에 검붉은 얼룩무늬가 있다고 호랑이 꽃이라고 부르기도 하고, 호랑나비를 동반자로 삼는다고 해서 호랑이 꽃이라고도 부른다죠.

참나리꽃도 인간 세상과도 다름없이 생존을 위해 수많은 전략을 세운답니다.

주변의 잡풀에 처지지 않기 위해 속성으로 키를 세우고 줄기 꼭대기에 곁가지를 내주고 꽃봉오리를 품어 나비의 도움을 받아 씨앗을 잉태합니다.

자본은 자기가 투자할 터이니 작은 사업체지만 함께 키워서 평생토록 같이 살 수 있도록 하자던 언약이 물거품으로 변한 인간사를 기억하는 듯, 참나리꽃은 나비를 유혹하여 수정을 도움받지만, 그것만으로 불안하여 줄기와 이파리의 겨드랑이 틈새로 흑갈색 주아(珠芽)를 숨겨두기도 하고, 그것도 모자라 땅속 알뿌리도 확대 재생산을 위한 분식에 몰래 들어가기도 한답니다. 달콤한 말에 빠진 호랑나비는 열심히 수정을 도와주지만, 가을이 끝나기도 전에 그 믿음은 깨지고 맙니다.

농막 옆에 작은 왕국을 세우려던 참나리꽃도, 사업을 같이했던 동지라고 지껄이던 작자도 수년이 흘렀건만 왕국을 통치하는 제왕이 되었다는 소식이 없으니, 아직도 잡초들에 치이면서 달콤한 언어로 호랑나비를 유혹하고 주아(珠芽)를 숨겨두면서 알뿌리 증식으로 헛된 꿈을 꾸고 있나 봅니다. 가슴에 얹어있던 앙금을 다 내려놓았다고, 내려놓을 것 없는 빈손이 되었다고 생각했는데 참나리꽃에 그가 강조하던 평생동지라는 엇갈린 낱말을 떠 오르게 하는 장마가 몰려옵니다.

제2부

다듬이 연가

———

봄비

봄비 내리는 소리에
임 오시는
발자국 소리 놓칠까 봐
살며시 창문을 열어 놓아도

내 가슴에 품은
파란 싹, 보리 이랑
밟아줄 임은
다가오질 않더라

시간여행

해가 뜨고 짐에 따라 낮과 밤을 경계하고
꽃이 피고 열매를 맺고 다시 꽃이 피는 것을 보며
인간들은 한해를 만들었습니다.
고대 이집트 시대엔 하늘을 찌를 듯한
오벨리스크를 세워 태양에 의한 그림자를 나누어
시간을 만들기도 하였습니다.
유럽에선 서기 1300년경에 기계적인 장치로
하루를 스물넷으로 나누었고
그것도 모자라 다시 3600조각을 내어
초라는 단위의 시간을 만들어냈습니다.
시간이란 개념이 없어도
자연에 순응하여 지내던 인간들이
시간이란 틀을 만들어내고선
스스로 옭아매고 쫓기며 살게 되었습니다.
그들에 의하여 엮어진 시간의 틀 속에서
먹고 일하고 휴식을 하며
사랑하고 미워하며
삶과 죽음을 넘보기도 합니다.
그들이 만들어낸 시간을 소비하면서
기쁨이 가득했던 바구니보다도

아쉬움의 바구니가 더 무거워 보이는 것은

무엇 때문일까?

한해를 갈무리해야 할 즈음에

지난 시간을 추억해 보며

이젠 얼마나 남아있을지 모르는

그들의 선물을 셈하여 봅니다.

가슴속 한 귀퉁이에서

밝게 타오르는 그 빛이

내 살아있는 동안에

시간에 쫓기는 미움이 되지 않고

시간의 너울에 두둥실 엱을 수 있는

사랑이기를 염(念)해 봅니다.

벌레

C브론테, E브론테
제인 에어, 폭풍의 언덕
자매지간인데 누가 어느 글을 썼는지
셰익스피어의 4대 비극
햄릿, 리어왕, 오델로, 멕베드
그 내용들이 어떻게 전개되었는지
황야의 늑대, 멋진 신세계
헉슬리는 생각나는데
책 제목만 머릿속에서 빙글대는지
논어, 삼국유사
장대하게 펼쳐진 수 많은 글들이
내 몸에 피가 되어 흐르고 있는지
몽테뉴의 수상록,
소펜하우에르는 수상록에
왜 책을 읽지 말라고 주장했는지
대장부 태어나 수레 한 대분의
책을 읽어야 한다고 선지자는 말하였는데
탁하면 턱하고 검색해주는 네박사*와

---

* **네박사** 인터넷 검색 사이트.

손바닥에서 손가락만 스쳐내도
무한하게 제공되는 지식정보들
머릿속은 도통 검은색이다.
부질없는 양식에 기대어
내 삶은 복사판이 되는 것은 아닌지
검은 벌레가 몸뚱어리를 휘감는다.

장맛비

부평역에 비가 내린다
낼모레면 십 년이라고
혼자된 지 십 년이나 되었다고
막걸릿집 창문엔 빗방울이 튕긴다.

걸쭉한 뚝배기 잔을 부대끼며
자식 놈들 뒷바라지에
가두어 둔 세월을 헤아린다.

빗방울이 막걸리 잔에 떨어진다.
늙어 등허리 부대낄 수 있는 게 행복이라고
몇 번의 큰 실수가 있었더라도
이젠 다 용서하라고

검은 우산에 빗줄기 세차게 때린다.
뭐 그리 잘났다고
뭐 그리 저울질할 것이 있다고

올 장맛비 무섭게 가슴을 후빈다.
굳센 듯 나약한 여인의 어깨에서
따뜻한 체온이 빗속으로 퍼진다

연리지(連理枝)

두 뿌리 하나 되어
몇백 년이던가

그 아픔이 한 몸 되게 한
사랑이었던가

제 몸 부대끼며 사랑을 승화시킨
길섶 연리지(連理枝)여

백 년도 채우지 못하는 우리네 인생
사랑하기도 짧지 않더냐

다듬이 연가

일제의 수탈을 피해
늦은목 고개*를 넘어올 적에
할아버지 지게에 보름달과 함께 얽매어 옮겨졌다.

할머니는 장항선 완행열차에
이불 보따리를 얹을 때에도
그것이 귀물인 양 들치어 메고 서울로 향하였다.

산동네 쪽방 신세 이곳저곳
옮겨 다닐 적에도
엄니는 신줏단지 모시듯 옮기었다.

서울에서 처음으로 내 집이 생기던 날
어쩌지 못해 한동안 옥상 귀퉁이에 팽개친 채로
비를 맞으며, 눈을 맞으며
쳐다볼 일이 없었는데

---

* **늦은목 고개** 보령시 청라면 소양리와 부여 외산면 지선리를 잇는 고개.

고향으로 회귀를 결심하던 날

또각또각

다듬이 소리가 귀에 들려온다.

이제는 손주 며느리가 자리 잡아준

정원에서 달빛 받으며

도란도란

할머니와 엄니의 손놀림이 춤을 춘다.

늦은목 고갯마루엔

그 방망이 소리를 기억하는

벼락 맞아 일그러진 신목(神木)이 있다.

쇠기러기

해안선을 길라잡이 삼아
본대(本隊)로 복귀하려는 러시아 전투기
편대비행으로 지친 수 천대가
북상을 멈추고 이곳에 착륙하다.

지난가을 추곡 수매가 인상을 요구하며
볏가마 방패 삼아 시위하던 농부가
웬일인지 입춘 지나자마자 트랙터 시동 걸곤
너른 논 갈묻이 해놓았는데

폭격에 헝클어진 논바닥을 헤치며
한 톨의 낟알이라도 놓치지 않겠다고
아우성치는 우크라이나 난민처럼
밀고 밀리는 생존의 아수라장

힘차게 남쪽으로 진격하던 용기는
소리 없는 저항군에 퇴색되고
지친 날갯짓에 항공유 고갈되어
재충전을 엿보지만
명분 없는 용기는 온몸이 상처투성이

머나먼 남쪽으로의 출격으로
날개는 상흔으로 뒤덮였지만
온몸으로 흐르는 자기장에 의해
시베리아 본대(本隊)로의 귀환을 위한
두 날개로
논바닥을 힘차게 발돋움함은
이 땅 농부의 바람을 위한 날갯짓

업둥이 뽀순이(1)

스물이라는 나이는
사람으로 치면 백수가 넘는다는데
무슨 미련이 아직도 남아 있는지
끙끙거림에 어설픈 잠을 또 밀쳐내게 한다.
지난 늦가을, 때가 되었음을 모르는지
백태 낀 눈동자에 뒷다리에 힘을 싣지 못하고
방안을 빙빙 돌다가 쓰러지기를
온 바닥에 배설의 흔적을 도배하기를
그러면서도 삶의 끈을 놓으려 하지 않으며
다시 봄을 맞는다.

아들놈 하굣길에 업둥이로 들어와
가장을 제외한 모든 가족의 사랑에 힘입어
안방을 차지하고 말더니
십리 길 마눌님 출퇴근에 호위병을 자처하고

병상에 누워계시던 엄니 곁에서 간병인처럼 십 년 해내곤
노쇠해진 제 몸도 이제는 보살핌을 정당하게 받아도 된다는 듯이
어둠 속에서도 집사를 불러댄다.

캥!

오줌 싸서 기저귀가 무겁다.

낑!

물그릇이 비었잖아.

끙!

백수 노인 쓰러졌는데 일으켜줘야지.

유치원 교사가 유아에게 손찌검했다는 뉴스에 분노했는데

선잠 깬 집사의 손이 올라가려 함에 멈칫한다.

땅이 얼면 파기 힘들 것 같아 미리 마련해 둔 유택은 다시 녹는데

힘들면 다시 데려오라던 수의사의 말에 머뭇거리며

그놈을 데려온 아들자식의 새 생명을 앞에 두고

그놈과 함께 뒹굴었던 딸년의 글썽이는 눈물을 바라보며

마눌님의 지극정성에 몸을 낮추며

집사는 생명의 끈질김에 할미꽃으로의 환생을 기도한다.

애기똥풀

도회지로 시집간 동무가
자식들 다 키우고 인생의 여유가 생길 즈음
울 엄니 갓난아이 되어 간다고
엄니 살아계실 동안만이라도
남의 손 빌리지 않고 보내드릴 수 있다면
자식 하나 더 키운다는 마음으로 보살핀다면
후회가 없을 것이라며
고향 집으로 내려왔다.

침대에서 소파로
소파에서 화장실로
씻기고 입히고 먹이는 일로
온종일 보살피다 보면 지칠 만도 한데

'울 엄니는 똥도 이뻐'

울 할머니 십 년에 울 엄니 십 년
두 분을 수발하면서도
나는 똥이 이쁘다고 생각을 못 했는데
하얀 기저귀에 노란 똥 덩어리
노랑 애기똥풀 꽃은
산들거리는 모성(母性)의 꽃말이 된다.

백마역

서울역에서 문산행 완행열차에 오르면
백마역에 갈 수 있었다.
그곳에 가면 젊은이들만의 낭만을
누릴 수 있었기에
동동 막걸리에 녹두부침개로 얼굴을 붉히며
사랑을 만들어 갈 수 있었다.

별들이 쏟아지는 어스름한 논길을
두 손 잡고 다정하게 걷노라면
마지막 열차에 몸을 싣기엔 아쉬움이 남아
시간이 정지하길 빌기도 하였다.

우연히 만날 수도 있을 거라고
다시 찾은 백마역
도회지라는 괴물에 점령당한 채
스쳐 지나가는 여인의 뒷모습에서
그 시절이 주마등처럼

그리움의 시(詩)가
기다림을 가슴에 안고
어둠 속으로 사라져 간다.

고인돌

단군왕검이 개천 하기도 전
이곳엔
이 땅을 기대어 살던 이들이 있었다.

돌을 깨트려 도끼를 만들고
지렛대를 사용해 짐을 옮기던
우리 조상들이 이 땅에 살고 있었다

석기시대에서 청동기시대로 접어들던
오천 년도 넘는 기억 저편에
반만년 전이란 저 건너편에
그들은
이곳에서 그들의 삶을 이어가고 있었다

설날 연휴 끄트머리
나 홀로
눈 덮인 뒷동산을 오르는 길에
땀 흘리며 지나던 길섶에
그 바윗덩어리가 눈에 밟힌다.

무심히 지나치던
그 바윗돌이
또 다른 오천 년 후의
미래를 내게 전하려 하는데,

내 삶이란 것도
한줌 흙에도 못 미치고
이 세상을 살아온 육십이란 시간이
반만년의 시간에 빗대어
한낱 부질없이
스치어 가는 바람인 것을

강물에 맡긴 송어처럼

단풍 이파리 하나 떨어져
개여울 속 자갈 틈새에 둥지 튼
송어의 알에 연분홍 색상으로 내려앉고,
차디찬 겨울을 이겨내기 위해
검은 씨알의 꿈틀거림을 수만 번
버들강아지 끄트머리가 부풀어 오를 때
비단으로 감싼 탯줄을 끊는다.

둥지를 벗어나기 위해
돌 틈에 기대어 지느러미에 힘을 주고
냇물을 거스르며 꼬리를 흔들어 보기도 하고
옆줄로 밀려 들어오는 외부자극에
희미한 짠 내음을 기억하려는 듯
험난한 물길을 거슬러 올라왔던
어미의 흔적을 알고나 있다는 것처럼
사나운 물결에 몸을 던진다.

민들레 홀씨 되어 바람에 날리듯
강물에 떠밀리어 바다에 이르러
태평양 한 바다를 유산으로 남겨준

어미의 삶이었던 베링해를 향하는
여정이 결단코 쉽지 않겠지만,
몸속으로 흐르는 무언의 자기장을 따라
힘차게 지느러미를 움직인다.

제 어미가 그러했듯
제 아비가 그러했듯이.

업둥이 뽀순이(2)

그래도 언 땅을 안식처로 삼지 않음을
조그만 위안으로 삼아야 할지
그래도 온몸으로 느껴지던 고통으로부터
해방됨을 반가워해야 할지
그래도 먼저 간 동무 점순이를 만나러
새로운 여행길 터준 것을 좋아해야 할지

품 안의 죽은 자식 거적에 둘둘 말아
돌무더기로 덮어놓고 돌아서는 부모의 마음
늙은 부모 지게에 올려 태우고
깊은 산속으로 들어가 내려놓고 오려는 자식의 마음

오와 열을 맞추어 열심히 오가던 개미의 일생에
우연히 지나가던 행인의 발바닥에 깔리는 것도
밭고랑에 떨어진 낟알을 쪼아먹으려던 뱁새의 일생이
아이들이 던진 돌팔매에 명을 다하는 것들에도
개미의 눈에는 행인의 발바닥이 조물주이고
뱁새의 눈에는 아이들이 창조주가 되는 세상

생명의 끈을 조절할 수 있는 조물주
삶과 죽음을 판정할 수 있는 창조주

할미꽃으로의 환생을 기도하면서
고통 없는 새로운 삶을 바라면서도
수의사의 손을 빌려 내 죄의 사함을 변명하려
업둥이 뽀순이의 눈에는
내가 창조주가 되는 업보를 감내할 수밖에 없으리라.

핏줄

눈으로도 보이지 않는 아들의
생명 씨 하나
며느리 품으로 날아들어
열 달 둥지 틀고 꿈틀대더니
세상 호령하려 포효를 울부짖는다.

열 손가락 꼭 움켜쥐고 하늘을 휘두르며
열 발가락 끝을 오그리며 대지를 지탱하려는 듯
강보에 싸인 작은 몸뚱어리가
억압에서 해방을 갈구하는 시위대가 되어
온 천지를 뒤흔드는 함성으로 부르짖는다.

한 대를 걸러 흘렀는데도
쭉 째진 눈썰미가 어쩌면 할배와 닮을 수가 있을까?
제 아비와 어미의 어릴 적 모습이 곳곳에 스며있는데
할배가 섭섭하다고 생각할까 봐
한 부분을 복사해다 붙였는지
고놈 참
하필이면 째진 눈을 닮을게 무어람

어려선 외양이 여러 번 바뀐다고 하던데

아비, 어미 많이 닮고,

외가 친가 할배, 할매 서운하지 않도록

골고루 배꼽이라도 닮아주고

튼실하게 자라서

외양보다는 내실을 굳건히 세우는

이름처럼 빛나는 영웅 별일진대

내리사랑이란 눈에 밟힌다는 뜻인가.

밀고 당기는 사랑이 아니라, 무조건적인 사랑을 말하는 것인가.

그 상괭이는 어디쯤 가고 있을까?

초여름 밤꽃 내음에 취해
리아스식 해안을 따라 북상하던 상괭이 한 쌍
앞서거니 뒤서거니 능란한 자맥질로
미끈둥한 몸매를 갈매기에 자랑하면서도
눈길은 밤나무를 찾아 갯가를 훑어가는데
만리포라 모래사장을 산책하는 연인이 보였다.

거미줄처럼 얼크러진 생의 지평선 상에
뫼비우스의 띠처럼 영원히 끝나지 못할 공간에서
만나고 헤어지고 또 만나고 헤어져야만 하는
인간계의 심욕(心慾)을 상괭이는
애처로운 눈으로 지그시 주시하며
연인의 뒷모습에서 밤꽃향이 흐름을 느낀다.

사랑의 열기가 온몸을 감싸던 시절
영원할 것 같은 동행의 길이 전세와 월세의
차이에서 오는 현실에 갈등하면서 서로 다른 길
새로운 길로 들어서며 바쁘게 살아온 여정
이따금 그리움이 앞가슴을 적실 때도 있었지만
잊힌 계절이라, 다시 못 올 시절이라 접었다.

뫼비우스 띠 위를 기어가던 개미 한 마리
거미줄처럼 얽힌 미로의 길을 헤매다가
앞가슴을 만리포 앞바다 상괭이에게 들켰다.
천주님 품으로 안긴 지 스물다섯 해
나는 그래도 살아가고 있지만,
그 상괭이는 지구를 몇 바퀴나 돌았을까?

상계동 달방

꿈결 속 초등학교 운동장
만국기가 펄럭이며 함성이 요란한데
20m 왕복 달리기하는 듯
양상군자(梁上君子)는 천장을 운동장 삼는다.
베개를 집어던지면 한동안 침묵
스르르 눈꺼풀이 다시 내려앉을 즈음
제 못난 가슴 후벼 파는지 갉작갉작
달팽이관을 베갯속에 쑤셔 넣고 잊으려 하지만
고양이를 대신해 야옹거려 보아도
어둠 속 쥐새끼는 코웃음만 흘릴 뿐

졸린 형광등과 이별을 고하는 중에도
옆방 문 열리는 소리와 주정뱅이의 악다구니
늙은 창녀가 박카스 병을 들고 찾아오니
벽은 웅얼거리는 소리로 귀는 솔깃
술꾼은 자존을 세우지 못하여 안달이 나고
그것도 귀물이라고 달고 다니냐는 핀잔 소리
주먹으로 벽을 치니 한동안 침묵
돌아누워 다시 잠을 청해 보지만
어둠 속의 진동을 잡으려 토끼 귀를 닮는다.

침대의 삐걱거리는 소리가 멎고
화장실 물 내리는 소리가 끝난 한참 뒤에도
어둠 속으로 내려앉질 못하는

화산재로 덮여있던
폼페이의 뒷골목 사창가
무너진 벽에 그려진 춘화 속 주인공들이
상계동 월세방에서
시대를 건너뛰어 살아가고 있는 중.

정자(精子)의 가치

회색빛 보료 위에 잘 정돈되어
분홍색 반투명 이불을 덮어쓴
6 곱하기 5는 30.
농협마트 특판 정가 5,990원.
아비 없이 철창에 갇혀 주는 밥 먹으며
불 끄면 잠자고, 불 켜면 알 낳고
불빛 따라 하루에도 두 번씩이나 산고를 치르는데
제 자식 병아리 되리라는 믿음 하나로 감내하지만
기름 둘린 프라이팬을 벗어나지 못하는 꿈인걸

푹신한 골판지 위에 잘 정리되어
투명 비닐 뚜껑 위로 하얀 십자가를 맨
여섯 곱하기 다섯은 서른.
이마트 특판 정가 팔천구백구십 원.
수탉에게 하루에도 몇 번씩 올라탐을 감내하면서
머리털이 다 빠지도록 쪼임을 당하면서도
앞마당을 헤치며 단백질 보충에 열을 올리고
제 자식 둥지에 품어보려 애를 쓰지만
작대기 들고 빼앗아가는 쥔장에게는 힘없는 존재

아비 없이 태어난 달걀 한 개 200원.

아비 있는 유정란 한 개 300원.

수탉의 노력 대가는 100원의 가치가 될 듯한데

마누라의 장바구니엔

매번 씨 없는 달걀이 얹힌다.

산(山)중 해우소

인적 드문 장태산 능선길

가랑잎 살짝 덮인 똥 무더기

발에 닿는 촉감이 등산화를 뚫고

시선을 멈추게 하는데

사람의 짓이 아니라는데 안도한다.

서리태처럼 동글동글한 고라니의 짓도 아니요

환약처럼 까슬하고 동글한 산토끼의 것도 아니요

곶감 모양으로 검게 그을린 듯한 멧돼지의 짓도 아닌데

제법 큰 덩어리에 오랜 기간 이용했는지

엊그제 다녀간 신선함과 한참 전의 부패가 혼재하는데

외과 의사가 해부하듯 작대기로 끄적여보니

뼛조각과 털들이 섞여 있다.

산 중에서 풀 먹는 순한 동물이 아니라

그들 위에 군림하는 날카로운 송곳니의

소유자라는 뜻인데

건너편 주렴산* 범바위굴에 살던 범(虎)은

도회지로 사랑 찾아 집 비운 지 까마득하고

---

* **주렴산** 보령시 주산면의 산.

성주산* 간드레 불**보다 더 밝은 불을 쏘아대던 표범도

공단(工團)으로 꿈 캐러 떠나간 지 오래인데

제왕들이 떠난 이 산중에 누가

길 한복판에 해우소를 설치하는 과감성을 가졌을꼬?

족제비

오소리

살쾡이

너구리

스라소니

담비

수달

(들고양이)

(들개)

---

* **성주산** 보령시 성주면과 청라면을 경계한 산.

** **간드레 불** 카아바이트와 물이 융합하여 발생한 가스로 켜는 불. 광부들이 사용하던 조명 기구.

광염 소나타

미친 듯 춤추는 화염
용솟음치는 시커먼 연기
불꽃이 새가 되어 이산 저산 날아드는데
빠르다가 느려지고 다시 빨라지는
3악장의 피아노 선율이 바람 타고 흐르는 것은
온순하고 성실했던 주인공이 어머니를 잃으면서
불을 지를 때, 야성적인 작곡의 천재성이
제 몸에 존재함에 끈을 놓지 못한 탓

소방헬기가 무수히 비를 만들어 내리지만
봄 가뭄에 물오름을 멈춘 숲 속의 요정
꺼진 듯 다시 살아난 불씨로
나무는 불에 옷이 벗겨지고
산새는 연기에 날개가 꺾이고
고라니는 열기에 놀라 울부짖는데도
헬기의 인공강우 작업을 어둠이 멈추게 하고
잦아들던 2악장 피아노 선율이
시커먼 연기에 가린 별빛을 향해
세를 키우며 3악장으로 확장

아흔 넘었다는 홀로 사는 촌부가
집구석이 너저분하다고 빗자루를 들었다는데
마당 한쪽에서 소각하다가 불똥이 산으로

반윤리적인 행위로 옥에 갇힌 소설 속 주인공
평상시처럼 무심하게 소각했던 늙은 촌부
아궁이에 불 지피던 시절이라면 없었을 일이
봄 가뭄이
결국, 봄비가 내리며 소나타를 멈추게 하고
차디찬 영어(囹圄)의 한숨을 만들다.

Radiant Flame Sonata

Madly dancing flames

Gushing black smoke

The flame becomes a bird and flies from one mountain to another

Fast then slow then fast again

The piano melody of the 3rd movement flows on the wind

When the gentle and sincere protagonist loses his mother,

When the fire is lit, the genius of wild songwriting

It's because I couldn't let go of the strings that existed in my body

Firefighting helicopters make countless rain

A fairy in the forest whose water stopped rising due to a drought in spring

With the fire that came back to life as if it had gone out

The trees are stripped of their clothes by the fire

Mountain birds break their wings in the smoke

Even though the elk cries out in surprise from the heat

Darkness stops helicopters from working on artificial rain

The faded 2nd movement piano melody

Towards the starlight covered by dark smoke

Growing up and expanding to 3rd movement

A countryman living alone who is over 90

He said he picked up a bloom because the corner of the house was messy

While incinerating on one side of the yard, the sparks to the mountains.

The protagonist in a novel imprisoned for unethical behavior

The old countryman who incinerated as casually as usual

Nothing would have happened if it had been the days when fire was lit

in the furnace

Spring drought

In the end, the spring rain falls and stops the sonata

Making cold prison sighs. (영역; 남애숙, 충남펜문학 19호)

먼길 떠난 친구야

수수꽃다리 향이 흩날리던 지난해 사월
명자꽃 붉은 입술을 좋아하던 친구는
무엇이 그리 힘들다고 일찌감치 먼 여행길에 들더니
한 번쯤 연락할만한데도 감감무소식

★ 어린 시절 이때쯤 추억을 되새기며

  계속된 항암치료에도 불구하고 내 몸을 갉아먹는 암 덩이가 좀 커졌다는 담당 교수님의 말씀에 자꾸 내 몸이 암 덩이에 잠식당하고 있다는 것에 마음이 아릿 하지만 병원에 앉아 동심의 옛 추억을 꺼내 상념에 젖어 본다.

  어린 시절 이때쯤이면 한창 넓은 들녘에 벼 이삭이 무게를 이기지 못해 고개를 숙이고 신작로 자갈길 양쪽으로 코스모스가 흐드러지게 피어 갈바람에 한들거리는 코스모스꽃을 꺾고 싶은 유혹을 뿌리치지 못하고 한 송이 꺾어 여덟 개의 꽃잎 중 한 잎 걸러 떼어내고 다리 위에서 친구들과 누구의 꽃이 멋지게 잘 돌며 떨어지는지 날리던 철없는 어린 시절 생각에 살며시 미소를 지어본다.

  청고을 새내 고랑탱이*를 지나 해메기 7부 능선 바위산에 가면 청포도 알알이 익어감에 한 알 떼어 입에 넣으면 새콤달콤 싱그러움에 마냥 즐겁기만 했던 어린 그 시절이 그립다.

  사방이 산자락으로 둘러싸인 내 고향, 조금만 산자락을 타고 들어가면

---

* **새내 고랑택이** 보령시 청라면 나원리 상중 계곡.

자기 몸만 닿으면 이 나무 저 나무 할 것 없이 칭칭 감고 올라간 다래와 으름, 머루 넝쿨에 주렁주렁 매달린 농익은 자연산 과일들의 입맛이 그리워지네.

세월이 덧없이 흘러 평소 마음의 내면을 골고루 들여다보면서 지난 시절의 추억과 함께 하루하루 일생이 길다면 길고 짧다면 짧은 제한된 시간 속에 삶을 추구하고자 하는 과정에서 인생 시나리오를 한 페이지씩 늘려가는 것이 아닐까 싶다.

가끔 누구에겐가 활짝 열어 자신을 보여주고 싶고, 사랑하며, 누군가의 기대에 마음을 졸이며 애달파하고 안타까워하며 살아가는 것 또한 우리네 인생의 삶이 아닐까 생각이 들기도 한다.

항상 인생 살아가는 여정은 나 혼자이기보다는 누군가와 함께 손 내밀어 이끌어주고 뒤에서 밀어주는 마음으로 사랑하면서 인생 삶을 살아간다면 우리들의 인생 여정은 한결 행복한 길이 되리라 생각해 보면서 병실에 누워 괜한 상념에 젖어본다. 경희의료원 병실에서.
(2021년 9월 24일, 친구의 카스토리에서)

해 바뀌고 떠나던 날이 돌아왔는데
어디쯤 가고 있는지, 무얼 생각하고 있는지
무엇에 그리 옭매여 멀찌감치 떠나버렸는지
지우지 못한 전화번호엔 옛 소식만 덩그러니

★ 임들은 나의 마음에 자리한 소중한 벗입니다.

　장마철 소낙비 속 창가에 방울져 내리는 빗방울 속에 임들의 느낌과 생각이 마음 한구석에 자리하기에 옛 추억들을 꺼내 스크린 해 보며 보고 싶고 그리워지나 봅니다.

　임들이 아니라면 이런 마음을 품을 수 없으리라 생각해 봅니다.

　늘 바쁘고 빠듯한 일상의 하루도 임들이 있어 살며시 미소짓게 만드나 봅니다.

　넉넉한 가슴 속의 마음으로 바라봐주는 임들이 있기에 내 가슴 한 자락에 묻히어 자꾸자꾸 꺼내 보며 병상에 지친 몸이지만 힘을 내봅니다.

　힘들고 고단한 하루라도 임들을 기억하면 기쁜 하루가 되듯이 늘 기쁨과 사랑으로 흐르는 따뜻한 정 속에 임들의 마음이 내 안에 자리하니 늘 여유로움과 정겨움이 함께하나 봅니다.

　외로움도 이젠 그리움이며 사랑인가 싶고 이 모든 마음은 임들 때문에 생겨난 알 수 없는 마음일지도 모르며 그런 임들을 사랑하고 그리워하며 멀리 있어도 언제나 나의 가슴 속에 자리한 임들은 나의 사랑하는 벗이 아닐까 생각해 봅니다.

　후덥지근하고 불쾌지수가 높은 장마철에 건강 잘 챙기시고 먹음직한 산딸기 속에 사랑, 행복, 행운을 듬뿍 담아 드리니 맛나게 드시고 가정의 정원에 행복의 웃음꽃이 활짝 피는 7월달이 되시길 기원해 봅니다.

(2020년 7월 1일, 친구의 카스토리에서)

하얀 판사에게 선고를 받은 지 일곱 해

그리도 살고자 거미줄 같은 생의 끈을 부여잡았는데

마지막으로 통화하고 싶다고 식구 통해 연결해 준

수화기를 통해 들려오는 거친 숨소리에

어서 나아 성주산 봉령(송근봉)* 캐자던 약속

노후는 고향에서 함께하자던 약속을 울부짖었는데

그 약속 지키지 못함이 미안한 듯 목구멍 긁는 소리

이 못난 동무는 떠난 동무를 생각하며

이제야 고향 땅 아비 곁으로 돌아온

그대 앞에 국화꽃을 바치오니

그곳에선 아프지 말고 다시 만날 때까지

국화 향으로 흠향하옵나니

---

* **봉령** 죽은 소나무 뿌리에 발생하는 송진 덩어리, 한약재로 사용.

고무래

어둠 속에 얼마나 긴 시간을 갇혀 있었는지
외갓집 대청마루 밑, 시간을 잡아먹는 감방이었다.
간드레(카바이트) 불 밝히며 먹뱅이* 고갤 넘나들던
새카만 얼굴에 하얀 눈동자
올망졸망 자식 여섯 키우랴 늙은 부모님 모시랴
집 앞 논마지기에 허리 쉼도 틈이 없었는데

투박하게 다듬어진 판때기**에 미끈둥한 자루
외숙의 손때 묻은 흔적이 햇빛에 해방되었다.

뱃속의 손주 얼굴 못 보고
그 손주가 증손을 낳아주었으니
40년 전쯤 마루 밑에 감금되었다는 얘긴데
외숙의 온기가 자루를 통해 전해지는 듯

막장 안 어둠 속 자욱한 탄가루
갱차***를 밀던 땀 젖은 손
쟁기질에 써레질 마치고 가을철에 쓸
고무래를 만들어 놓고

---

* **먹뱅이 고개** 청라와 성주를 잇던 고갯길로 옛날 광부들이 오가던 고개.
** **판때기** 〈널빤지〉의 속된 말.
*** **갱차** 갱도에 레일을 깔아 석탄과 버럭을 실어 나르던 화차.

환갑도 한참 채우지 못하고
뒷산 소나무숲 아래로 마실 가더니
곡괭이 자루, 지게 감으로 적당한 나무를 찾느라
온 숲을 헤매는지
마루 밑에 감금시킨 고무래(丁)를 잊었을까나

넋

바람이 갈대밭을 스치면
구름 타고 떠돌던 넋들이
노래를 부르고
여울이 너른 벌판을 적시면
바람 타고 재잘거리는 혼들이
춤을 추는데

내가 있으나, 내가 없으나
그들은 모든 공간에서
온 세상을 누비며
그들만의 세계를 개척해 간다.

비 오던 날
헝클어져 흘러내린 머리카락에
다 젖은 치마저고리
알 수 없는 말 중얼거리는 여인을
우리는 용천배기*라 했다.

---

* **용천배기** 한센병을 말하며, 지랄병 따위의 몹쓸 병에 걸린 사람.

산하(山河)를 헤매던 용천배기가
사라진 지금

도심 속 흘러나오는 불빛 속에
자신의 성(城)을 확정하고
외부로부터의 기존질서 도피
내부로부터의 새로운 영역구축을
꿈꾸는 천재들의 저항이
광인(狂人)과 천재와의 차이는
바라보는 관점만이 다르다는 것을
주장하며

새로운 용천배기의 등장을 넋두리한다.

호미 끝에 걸려 나온 세상

봄 가뭄에 얼어붙듯 단단해진 밭고랑
호미 날이 무뎌지도록 긁어대지만
조선 양반의 수염처럼 무성한 뿌리를 통해
흙 속에 남아 있는 한 톨의 수분마저 빨아들이며
돌아서기 무섭게 잡초는 세를 키우고

달의 힘이 군헌갯벌*을 벗겨낸 갯고랑
호미 끝이 닳아빠지도록 긁어모으지만
그 많던 바지락은 어디로 가고
헛손질에 달그락거리는 호미질 소리만
건너편 은포리 방파제에 메아리 퍼질 뿐

밭이랑에서는
밭두둑의 작물이 선(善)이라
거름 포실한 땅기운을 검은 비닐로 덮어주고
밭고랑의 잡초는 악(惡)이라고
시커먼 부직포를 덮어씌워 막아보려 하지만
잡초는 그 틈새를 공략하여 뿌리를 잘도 내린다.

---

* **군헌갯벌** 보령시 신흑동 앞 갯벌

대천천 상류를 막아 저수지를 만들고
사람은 바다를 메워 땅을 옥토로 바꾸었지만
좁아진 군헌 앞바다 갯벌의 바지락은
숨쉬기도 버거운데 호미 끝도 피해야 할 운명

잡초의 끈질긴 생명력과
바지락의 애처로운 삶은
호미 끝에 걸려 나온 무언의 항변이다.

부지깽이

시커먼 아궁이 어둠 속, 부넘이* 너머 사는 그림자
그는 언제나 몸을 도사리며 기회를 엿보다가
개자리**를 넘지 못해 토해낸 매캐한 연기에
아궁이 밖으로 탈출을 시도하는데
부뚜막에 모셔둔 조왕신의 눈을 피하려고
연기에 몸을 감추려 애를 쓰지만,
문지기 부지깽이에게 들켜 호되게 혼이 나곤
부엌 서까래 위 알매 흙을 까맣게 진 들이고서야
겨우 초가지붕을 벗어나 달빛을 찾아 떠날 수 있었다.

고향마을 골목마다 하나둘 허물어져 가는 빈집들
삐걱거리는 대문을 들어서면 앞마당은 잡초가 무성하고
마루에 올라 방문을 열어보면 사람 살던 온기는 싸늘하고
온통 스멀스멀 기어 다니는 무엇인가가 느껴지는데
달빛 쫓아 달아났던 그 그림자
부지깽이도 사라진 지금 제집인 양 다시 찾아들었는지
쇠죽 끓이던 무쇠솥 밑 아궁이는
어둠이 가득하고 그림자들만 우글거리며 즐기고 있다.

---

* **부넘이** 아궁이에서 방구들로 불이 넘어가는 조금 높게 쌓은 부분.
** **개자리** 방구들 윗목에 연기를 잘 빨아들이도록 낮게 파 놓은 고랑.

사람이 떠난 자리에는
아궁이, 구들, 부넘이, 부뚜막, 개자리, 조왕신,
부지깽이, 알매, 초가집이라는 낱말들이 사전에서 낯설어지고
언어의 빈곤해짐을 항거하며 우리 곁을 떠나고 있지만
어머니의 부지깽이 맛은 아직도 정(情)이다.

흑묘백묘론

　인류가 불을 발견하고 동굴 생활을 하던 마지막 빙하기, 포악한 늑대 중 한 무리가 모닥불 곁으로 피해왔다죠. 늑대는 사람 주변을 배회하며 사냥을 돕기도 하고, 위험을 감지해주기도 해 구석기인들은 늑대를 가엾게 여기고 먹이를 나눠주자 사람에 대한 신의가 점점 깊어갔다네요. 일만 년이 넘는 시간을 인간과 저울질하며 인간에게 믿음을 쌓은 결과 늑대는 스스로 개에 이르렀고, 심지어 가족이라는 개념의 반려견으로까지 오를 수 있었답니다.

　한편, 인류가 강가에서 농업을 시작하며 곡식을 저장하게 되자 그곳에 먹잇감인 쥐들이 많다는 것을 야생 괭이가 알고 사람 주변으로 오게 되었죠. 괭이와 인간의 상부상조가 이어지면서 신석기인에 의해 길들여지고 사랑받게 되니 오천 년 전의 이야기가 됩니다. 후발주자인 고양이가 개처럼 차갑지 않게 충실해지려면 아직도 오천 년의 유전인자 변이 기간이 더 필요하다는 이야기인지도 모르죠.

　다리 벌리고 소파에 벌러덩 드러누운 집고양이, 순하게 품에 안겼다가도 날카로운 비수를 꺼내 들고 달려드는 야생성을 보일 때마다 진화의 나무를 그려보는데 최상층 인간과 곁가지인 개와 고양이는 어떤 우열 관계 때문에 다른 모습으로 진화하였다가 지붕을 함께하는 가족이 되었는지 궁금하답니다.

　새까만 외투에 하얀 넥타이 매고 흰 장화를 신은 고양이, 노란 얼룩무늬 외투에 흰 반점을 찍고 노랑 구두 신은 고양이, 회색과 흰색 얼룩에 흰 고무신 신은 고양이, 진화는 변종을 생산하고 유전을 시킨다고 하지만 아직도 진행되지 않은 품종이 있어 의아합니다.

하얀 몸통에 검정 장화, 검정과 노랑 얼룩무늬, 회색과 검정 얼룩, 노란 몸통에 검정 고무신, 회색 몸통에 검정 구두, 흰 몸통에 검정 반점, 아 참, 검정 몸통에 노란 반점도 없군요. 인간과 괭이가 함께한 시간만큼 더 세월이 흐른다면 보이지 않던 고양이들이 탄생할 수도 있을지 모르죠.

중국 대륙을 장악하던 등소평은, 쥐 잡는데 흰 고양이든 검은 고양이든 쥐만 잘 잡으면 상관없다며 개혁 개방에 '흑묘백묘론'을 주장하였다죠. 지금의 고양이가 인간을 위해 쥐를 잡는 일에 동원될 이유는 없을 것이고, 소파나 창가에 누워 주는 밥 먹으며 인간보다도 더 한가롭게 여유를 만끽하고 집사들의 몸단장을 받으며 살아가겠지요. 어찌 보면 반려견이나 반려묘는 진화 나무에서 인류보다 더 상층 가지를 차지하고 아래를 바라보며 비웃고 있는 것인지도 모르죠. 그들 사이에서 '흑인백인론'이 주창될 수도 있을 겁니다.

그땐 그랬지

흙먼지 뽀얗게 날리는 초등학교 운동장
빡빡 깎은 파르라니 민머리 젊은이들이
세면 가방 하나씩 손에 들고 좌우로 정렬
쥐똥나무 울타리에 기댄 가족들의 눈망울이
행여 제 자식 살아 못 볼지도 모른다는 두려움에
행여 최전방에서 생고생하지 않을까 걱정스러움에
제 자식의 형상을 쫓아 눈시울이 뜨거웠지
아침부터 시작된 징집절차가 저녁나절에야 끝이 나고
굴비 엮이듯 열 지어 교문을 빠져나와
역으로 들어서면 좌우로 가족들이 따라 행렬 짓고
입영 열차의 창문 사이로 이별의 인사가 오갔지
어둠이 역사에 내려앉으면 기적소리 울리고
열차가 출발하며 시작된 기간병들의 군기확립 기합에
열차 안은 후끈후끈 달아올랐었지
손주 백일기념을 위해 서울로 향하는 새마을호에
마흔다섯 해 건너편 기억을 소환하는 온양역
차창 너머로 보이는 풍경은 옛 흔적이 아니지만
탱자나무 울타리에 기대어 눈물 보이던 어머니.
함께 했던 인연은 가버리고, 새로운 인연들이 찾아드는데

내 젊은 시절의 한순간이었던

야간에 출발하던 입영 열차를 기억한다는 것도

지워버려야 할 인연이어야 하듯

백일 지난 손주에겐 전해주지 말아야 할

이 땅의 마지막 유산이어야겠지

백령도

라면과 생수가 서울 바닥에서 파동이 났던 날은
뿔 달렸다는 괴수의 죽음이 휴전선을 넘어 알려진 후였다.
해무가 걷히고 파고가 낮아져야 겨우 갈 수 있는 변경
그들 눈앞에 성가신 가시처럼 비수를 겨누고 있는
그곳이 금시라도 그들의 해방구가 될지도 모른다는
수화기를 통해 들려오는 아내의 다급한 목소리
죽어도 함께 죽고, 살아도 함께 살자는
신혼 초의 달콤함도 양보했던 자신을 원망하며
돈도 필요 없으니 어서 들어오라는 울부짖음
1993년 7월 8일.
제깐 놈들이 쳐들어오면 서울부터 난리가 나지
목구멍 가시부터 뺄 정신이 있겠냐는 원주민들의 평온함이
백령도를 고요함 속으로 불러들였다.
두어 번은 그 시절을 회상하고파 연안부두에 들렀지만
짙은 해무로 뱃길을 잇지 못하고
꼬박 30년이 지난 지금에서야 짙푸른 인당수를 향해
출항하는 여객선에 몸을 실었다.

가슬가슬한 누런 보리밭 사이로 흙먼지 날리며 달리던 두무진 길
한 치 앞도 분간 못하게 해무에 휩싸이던 북포리 마을
남녀가 요일을 번갈아 이용하던 목욕탕이 있던 진촌리 마을

천주교와 기독교의 한반도 유입 중간 기착지 역할을 충실히 해낸 백령도
파도에 휩쓸려 와락 품에 달려들던 무지개의 콩돌해안
사륜구동 자동차로 바람을 가르던 십리 길 사곶 천연비행장
수억 년 파도와 바람에 의해 인고의 세월을 보낸 두무진 해안
발해만과 천수만을 오가며 둥지를 틀고 살아가는 점박이물범

젊은 시절 살기 위해 다니던 그 길은 그 길이 아니었다.
흐른 세월이 얼마만큼인데 이제야 그 길이 아니라고
아쉬워하며 투정할까?
패기에 넘치고 열정적이던 그때의 장년은 어디로 가고
머리 희끗희끗하고 힘없는 노인이 여기에 와 있는지
백령도는 말이 없다.

알림 문자

이 세상에 없는 사람이 되었지만, 인사는 하고 갈 뜻이었나
핸드폰을 통해 알려온 '본인 부고 알림'
말쑥한 차림의 노년 남자가 검은 리본을 장식한 액자 속에서
근엄한 듯 묵직하게, 나에게 시선을 떼지 않는다
얼굴이 익숙하지 않고 어색함에 잘못된 소식이거니 하다가
입속으로 이름을 되뇌고선 그를 알아보았다.
졸업 후 몇 번 소식을 전해 들었던 적은 있었으나
직접 만나거나 인연을 이어간 기억이 없기에
안쓰러운 마음만 가슴에 담고 문자를 지워버렸는데

미루나무 그늘 한 점이 간절하던 초여름의 논산훈련소
황톳빛 누더기 전투복에 허연 소금알갱이가 덕지덕지
온종일의 훈련으로 배고픔과 갈증이 목을 짓누르는 저녁
취사장으로 급식 양동이를 가지고 달려가던 중
새 군화에 말끔한 동정복을 입고 노란 이등병 계급을 단
그를 만났었다.
불과 두 주 먼저 입소한 그는 훈련병들의 부러운 대상이었다.

그 헤어짐이 있고서
그는 자신의 일기장을 어떻게 꾸며 나갔는지

자신이 소망했던 일들을 즐겁게 이루며 살아갔는지
세상에 떠나면서 못 이룬 아쉬움은 없었는지
아득한 인연이었지만 문자로나마 묻지 못함에
순서를 기다리는 인생과 후생의 후배 된 자로서
부고 알림이 필요 없는 여생을 기원하는
버킷리스트를
뒷주머니에서 끄집어내는 알림으로 다가온다.

참새와 장맛비

남서쪽에서 북동쪽으로 구름 골짜기를 만들어
보름 넘게 넘나들며 밤낮없이 물 폭탄을 부어대더니
대문 앞 커다란 측백나무의 품에 둥지를 튼
참새의 지저귐이 빗소리에 묻혔다.

동네 1은 산사태로 가옥들이 부서지고
동네 2는 물난리로 농작물이 잠겨버리고
동네 3은 흙탕물에 돼지와 소가 떠내려가고
동네 4는 지하도에 물이 들이닥쳐 인명피해를 입고
동네 5는 기차가 철길을 달리지 못한다며
온종일 화면을 채우면서 이상기후와 인재를 탓하는데

밭고랑 1은 수확을 앞둔 고추에 탄저병이 발생하고
밭고랑 2는 튼실했던 참깨가 습기에 녹아내리고
밭고랑 3은 바람에 쓰러진 옥수수는 제대로 영글지 못하는데
밭고랑 4는 서리태가 빗줄기에 콩나물처럼 키를 세우기만 하고
밭고랑 5는 들깨 모종의 뿌리가 물에 잠겨 숨을 쉬지 못하니
올해 농사도 헛농사가 되었다고 깊은 한숨에
그래도 어느 동네같이 피해 적은 것을 안도하는데

별사탕이 걸린 측백나무에 둥지를 틀었던 참새 부부
밤새 불어대던 비바람이 이소를 기다리던 새끼들을
질척한 바닥으로 추락시켜 올 자식 농사 헛농사
장마전선이 물러나고 다시 태양이 떠오르면
참새 부부는 그래도 다시 둥지를 찾아올 것이고
얼치기 농부도 호미 들고 밭고랑에 서성거리겠지.

기왓장 조각

드러눕고 엎어져 포개야만 제구실을 하는
암키와와 수키와의 대화
기왓장 아끼려다 대들보 썩힌다는 말처럼
너무 수량이 많아 하찮게 생각할 수도 있겠지만
금이 간 한 장의 기왓장이 역사를 가른다.

잡목으로 두껍게 옷을 입은 돌무더기
무너진 산성의 흔적임을 수줍어하는지
옛일이 부끄러워 산행 인의 눈길에서 멀어지는데
무심결에 기와 한 조각 눈에 밟히길래
손에 얹어놓고 기왓장의 속삭임에 귀 기울이다.

웅장하고 견고했을 장대(將臺)에
깃발이 나부끼고 적을 향해 호령하던 장졸들
장맛비와 폭설에도 끄떡없던 기왓장은
불화살을 견디어내지 못하고 화마에 놀라
하찮은 부스러기 취급을 받으며 지금에 이르다.

수백 년의 세월이 흘러왔지만

그곳에서의 항거는 기록으로 전해지지 못하고

사람들의 입에서 입으로 전설로만 이어지는데

구전으로 전해지는 전설은 역사가 아니란 치부에

기왓장 조각은 무언의 항변으로

사학자들의 안일함과 민중들의 무심함을 고하다.

가릉빈가

사람의 머리에 새의 몸통을 한 상상의 새
깃이 아름답고 울음소리가 고우며
설산 깊숙한 곳 극락정토에 산다는데

새의 머리에 사람의 몸통을 한 태양의 신
우주를 창조하고 관장하는 전지전능한
태양의 신이자 그의 아들인 파라오라

고구려 벽화 속에 살아 숨 쉬는 상서로운 새
백제금동대향로 속에서도 살아 숨 쉬는 인면조
히말라야에서 태어난 불사조 '가릉빈가'는
부처님 말씀을 세상에 전한다고 하는데

피라미드 벽화 속 홀을 쥐고 당당하게 서 있는
망자가 된 파라오를 지키려고 매의 매서운 눈
이집트 세계를 창조한 통치자 '라'
부활을 약속한 나일강 서쪽 땅을 주시하고

이역만리 머나먼 땅

4천 년 전의 이집트와 3천 년 전의 인도

그리고 천오백 년 전의 고구려와 백제

새의 머리가 사람 머리로 바뀌고

사람의 몸통이 새의 몸통으로 바뀌면서

서에서 동으로 이동한 이야기가

동에서 사방으로 파동처럼 퍼져 날아가리라

수경(水鏡) 속 가을

통통통 또르르
잔잔한 수경(水鏡) 속으로 돌멩이가 수제비를 탄다.
누르라니 붉게 타오르는 푸르름의 산
물속에 거꾸로 처박혀 높음을 낮게 비추고
하얀 구름이 물속에서 피라미들과 춤사위로 답하는데
동그랗게 퍼져나가는 파동은

다래 넝쿨 우거진 골짜기 산포도 그늘엔
교복 입지 못해 몸을 던진 그 동무의 헤진 신발이
속살 내민 으름이 휘감은 상수리나무 아래엔
객지에서 배불러 돌아온 순이의 고무신이
물안개 어스름이 퍼지는 저수지 건너편
고부 사이에서 농약병을 빼앗아 들던 이웃 할머니가
고무신 거꾸로 가지런히 벗어놓고 물거울 속으로

은행나무 아래에 뒹구는 가을 편지
단풍나무 사이로 흘러가는 소슬바람
소나무 꼭대기에 걸려 있는 새털구름

돌멩이가 만든 작은 파동들이

둥글게 퍼지면서 사그라지는 틈 사이에

교복 입은 동무가 머루 넝쿨을 헤집고

배 꺼진 순이가 치마폭에 도토리를 주워 담는데

윗집 할머니 치마폭이 하얀 구름 되어

물거울 속 가을 수채화가 완성되다.

서부영화

모래바람 뿌리치는 애리조나의 작은 마을, 괴괴한 음악이 말안장 위로 흐르고 무법자의 눌러쓴 카우보이 모자 아래 두 눈동자가 골목을 가른다. 뿌리 끊긴 회전초의 굴림이 석양을 몰고 오는데 어디선가 총구를 겨누고, 기타 줄이 끊길 듯한 찰나의 긴장이 흐른다. 황금마차 카바레 입구에 선 카우보이. 방아쇠에 손가락을 끼고 쌍권총 돌리는 솜씨는 시대가 바뀌어도 녹슬지 않았는지 행인의 시선을 모은다. 한바탕 말발굽 소리에 콩 볶아대는 총소리가 마을을 뒤덮더니, 핏빛 모래로 골목이 휩싸고 다시 정적으로 돌아선다.

8차선 도로가 꽉 막힌 시장 앞 보도에는 사람끼리 어깨를 부딪치는데도 카우보이는 교묘하게 움직이며 시선을 사로잡는다. 황금마차에 들어서면 아마존에 있다는 황금 도시 엘도라도에 갈 수 있는 면죄부를 얻을 수 있다고 유혹하며 부추긴다. 칼자국 험상궂은 악당은 총 한 방에 나가떨어지지만, 빗발치는 총알 속에서도 거뜬하게 피할 수 있는 검은 선글라스를 쓴 넷플릭스 요원. 표로 손님을 유혹하던 그 카우보이가 주인공이 되어 화면을 꽉 채운다. 춤사위가 한바탕 돌아가고 과일 안주에 싸구려 양주잔이 부딪히는 소리가 경쾌하더니 이곳이 엘도라도 땅의 종착역임을 웨이터는 계산서로 말한다.

소파에 비스듬히 깊게 누워 한낮의 오수를 줄기며 수십 년 지난 서부영화를 틀어놓고 닳고 닳은 줄거리지만 꿈결과 현실 사이에서 확대 재생산된다. 한 갑자 한참을 넘어선 삶의 경로에서 자신도 모르게 악당으로 살아온 시간은 없었는지, 영화 속 주인공으로 자부하고 살아온 시간은 얼마나 있었는지, 복기(復棋)하듯 돌아보지만 허공이다. 빛바랜 은막의 빗줄기처럼 장마의 서막을 알린다.

제 3 부

바구니 속 담론

———

1. 소설 「매월당 김시습」에 나타난 작가의 향토적 성향

– 작가 이문구와 작중인물 김시습을 중심으로 –

가. 서론

작가로서 이문구의 평가는 지식인들과 소장파 학자들 사이에 비판의 대상이 되기도 한다. 1941년 충남 보령에서 태어나 해방 후 남로당 보령 지역 총책이었던 아버지와 두 형이 좌익 활동으로 바다에 수장되는 멸문지화를 어려서 바라보았고, 그에 따른 연좌제가 작가에게도 시대적 상황의 엄청난 약점으로 작용해 그것을 피할 방법으로 김동리의 문하생으로 들어가는 선택을 하게 된다. 「등신불」, 「무녀도」 등을 쓴 김동리는 친일문인이라는 멍에에서 자유롭지 못하였지만 당시 문인협회장을 역임했던 경력으로 친일문인의 명단에서는 제외되는 행운으로 작용되어 이문구가 김동리를 스승으로 모시게 된 것이 자신에게 드리워졌던 빨갱이의 자식이라는 딱지를 감출 수 있는 보호막이 되어 주었다는 것을 본인도 밝힌 바가 있다.

동인문학상은 「감자」를 쓴 김동인을 기리는 문학상인데 1955년 사상계에 의해 제정되어 운영되어 오다가 1987년 친일과 우익을 대변하는 조선일보가 인수하여 수상하는 것에 반감을 제기하는 지식인들에 의해 2000년 이문구가 「내 몸은 오래 서 있거나 걸어왔다」로 제31회 동인문학상을 수상을 받자 이것을 두고 또한 많은 비판이 있었다. 그러나 그는 스승 김동리가 유신시절 불의의 권력에 침묵하고 있을 때 투옥되거나 도피 중인 선후배 문인들의 뒤를 돌봐주며 박정희 정권에 대항하여 민주화운동에

앞장서기도 하는 등 그는 문인으로서 저항의식을 후배들에게 심어주는 역할을 하였음은 단연 타의 추종을 허락하지 않는다.

1970년대 연작소설은 당대의 복잡한 양상 뒤에 숨은 진실을 적극적으로 드러내어 70년대의 독특한 소설형식으로 자리를 잡았다.* 인문주의와 심미적 이성의 절정을 보여주는 조세희의 「난장이가 쏘아올린 작은 공」, 최인훈의 「광장」 등이 도시 노동자로 전락한 이농민들의 간절하고 피맺힌 절규를 그리며 한축을 형성하고 있을 때, 이문구는 「우리동네」, 「관촌수필」 등으로 근대화라는 미명아래 잃어가는 농촌 공동체에 대한 향수를 그려내며 피폐한 농촌 현실 속에 사라져 가는 구수하고도 정겨운 충청도 사투리의 구어체를 사용하여 휴머니즘 회복과 성급한 산업화에 따른 비판적인 성찰을 풍자와 해학을 곁들여 농민문학의 흐름을 잇는 또 다른 축에 있었다고 할 수 있다. 이처럼 농민문학은 표준어의 규칙에 어긋나는 사회적 지역어들은 언어 공동체의 공동 경험과 지식을 정당하게 표현할 자격이 없다는 인식 속에서 소설의 담론이 이러한 권력의 언어통제는 강력한 저항을 만난다. 일상생활 속에서 살아있는 말과 접촉하고자 하는 가운데 소설은 공식적인 담론과 대립되는 방언들을 널리 수용하며, 나아가 지역어들의 진실성과 실체를 알리는** 역할을 하게 되며 이는 권력에 대한 문학인의 저항의식으로도 볼 수 있다.

그가 작가활동 말기에 서울신문사의 역사인물 열전의 계획으로 1990년 매월당 김시습의 생애를 소설화한 「매월당 김시습」을 창작함과 아울러, 그의 한산이씨 문중에서 가장 위대한 인물 중 한 사람으로 모셔지며, 선생이 태어난 곳과 묻힌 곳이 고향 보령이라서 존경하는 인물로 역시

---

* 김인경, 1970년대 연작소설에 나타난 서사전략의 '양가성' 연구-이문구, 조세희 중심으로-, 영남대학교 인문과학연구소, 〈인문연구〉 59권, 2010, 37쪽.

** 배경열, 부정적 근대화에 대한 저항으로서 이문구의 서사전략-「우리동네」중심으로, 경남대학교 인문과학연구소, 〈인문논총〉 26권, 2010, 70쪽.

「토정 이지함」을 역사소설의 형식을 빌려 펴냈다. 이 두 역사소설을 살펴보면 전기 농민소설과는 창작기법의 양상이 달라지고, 작가가 이 시대를 살아가면서 고뇌하고 번민했던 사상들이 주인공에 견주어 표현되고 형상화하였음을 알 수 있다. 그중에 「매월당 김시습」은 당대의 기개와 지성과 고절의 표상인 이른바 생육신으로서의 매월당 모습을 보다 새롭고 파격적인 의식과 주제와 방법을 제시한 문인으로서 매월당, 선구적 저항시인으로서의 매월당, 그리고 인간적인 고뇌와 갈등을 표현하고자 하는 작가의 변에 역사소설로 우리 문학사에서 한축을 형성하였으며, 이 고장에서 태어나고 문학을 공부하는 후배로서의 자긍심을 갖기에는 충분하다.

이에 소설 「매월당 김시습」에 나타나는 작가의 전기적 사실에 의한 향토, 토속적인 영향이 어떻게 작품의 주인공을 형상화 하는데 영향을 끼쳤으며, 주인공 김시습의 행적과 사상이 작가에게 어떠한 영향을 주었는지, 작중인물과 작가의 시대적 상황 비교 및 특징을 살펴보고 작가의식을 논하고자 한다.

나. 이론적 개요

(1) 작가와 작중인물 시대적 상황 비교

(가) 작품의 始終에서의 상황적 비교
「매월당 김시습」은 이문구의 대표작으로 다른 작품과는 일정한 거리를 두고 있는 상상적 평전으로 불리는데, 작가의 말에서 밝히고 있듯이 이 시대에도 여전히 살아있는 정신으로 의미를 내세울 수 있는, 조선시대의 대표적인 문인으로서 「매월당 김시습」의 여러 면모를 보이고 있다*고 평가를 하였다. 또한 매월당의 생애가 역사의 소용돌이에서 빚어진 희생적 비극이 아니라, 스스로 흐름의 본류에 뒤섞이어 흐르기를 거부하고 독창적인 삶과 문학을 창출함으로써, 역사에 또 다른 흐름이 있게 한 문학적 비판 의식의 효시라는데 있다**고 작가는 작가의 말 서두에 말하였다. 작가의 변을 더 들어보면 매월당의 새롭고 파격적인 의식과 주제와 방법을 제시한 문인으로서, 선구적 저항 시인으로서의 인간적인 고뇌와 갈등을 그리고자 창작함에 있어 중점을 두었음을 알 수 있다.

매월당 김시습이 전국을 떠돌면서 세속에서 겪었던 한을 달래며 마지막을 지낸 곳이 작가의 고향 보령에서 멀지 않은 외산면 무량사이다. 지금도 그곳에는 대웅전 뒤편 산신각에, 일설에 의하면 김시습의 자화상이라고도 하는 초상화가 모셔져 있고, 주변 멀지않은 곳에 김시습의 부도가 양지쪽으로 여러 고승들의 부도와 함께 모셔져 있다. 1960~70년대 대부분의 보령지역 초, 중학교에서 소풍이나 수학여행지로 무량사를 선택하여 하루 동안의 짧은 여행이 이루어졌는데 아마도 작가는 그런 계기로 어린 시절에 무량사에 들렀으리라 짐작이 된다.

작가 이문구 가계의 선대를 살펴보면, 시습이 5세 신동으로 세종에게 알려질 때 스승이었던 존양재 이계전(1404~1459)이 작가의 19대조이며, 시습의 사후 유고 없이 지식인들 사이에 구전되던 작품을 채록하여 「매월당집」을 편찬하고 서문을 쓴 이가 음애 이자(1480~1532)가 집안이며, 시습의 사후 90년이 지나 이율곡이 지은 〈김시습전〉의 서문을 쓴 이 또한 아계 이산해(1538~1609)로 작가가 한산이씨의 명문가를 이어 받고 있음***을 알

---

* 임금희, 이문구 소설 「매월당 김시습」연구, 한국현대문예비평협회, 〈한국문예비평연구〉 17권, 2005, 164쪽.
** 이문구, 매월당 김시습, 문이당, 2002, 작가의 말 서두.
*** 이문구, 매월당 김시습, 문이당, 2002, 작가의 말 서두 정리.

수 있다. 더구나 사육신의 한 분인 이개와 더불어 보령지역에서 태어나고 생을 마감한 토정 이지함 선생은 보령지역의 한산이씨 문중에서는 대단한 양반가의 긍지를 갖기에는 부족함이 없다. 이러한 배경이 작가 이문구가 소설 「매월당 김시습」을 뼈대 있는 양반가의 후예로서 제대로 형상화해야 한다는 의무감을 갖게 되었을 것으로 추측이 된다.

이문구는 소설 「매월당 김시습」의 창작기법에는 '걸음으로 시작하여 걸음으로 끝맺음'을 하면서 자신의 삶과 시습의 삶에서의 길에서 그 어떤 공통점을 내포하고 있음을 강조하고 있다.

오늘도 걸었다.
오늘도 어지간히 걸었다.
오늘도 걷는 것이 일이었다.
그러나 고단하였다.
어느덧 30년을 걸어서 이제 쉰 고개에 이르렀지만 그렇게 일삼아서 걷다보면
언제나 고단하였다. (「매월당 김시습」, 15쪽)

매월당은 구름뿐인 시야를 한 바퀴 둘러보고 나서 천천히 걸음을 옮기기 시작했다.
「가시는 데는 어느 쪽이니깝쇼?」
말범이가 물었다.
「서쪽일세.」
매월당의 뒷모습이 멀어져 갔다.
구름처럼. (「매월당 김시습」, 379쪽)

철저한 자유인으로 살기를 원하였던 시습은 젊은 시절의 울분과 좌절의 시련기를 헤쳐 나오면서 유학을 공부한 선비로서의 틀을 완성시키는 벼슬길을 포기하고, 머리를 깎는 탈태를 하고 불교적인 정토를 찾아가는

모습을 형상화 하였다. 세조의 왕위찬탈을 바라보며 유학적 가치의 무너짐을 막지 못하는 자신의 심정을 고뇌로 발길을 산으로 향하며 무한정 걷기 시작하고, 말미에 서쪽을 향해 구름처럼 떠나는 모습에서 그가 갈 곳이 부여의 무량사임을 묵시적으로 말하며, 한으로 맺힌 세속의 인연을 버리고 평생 동안 전국을 떠돌다가 삶을 마감할 장소가, 그가 늘 길이라는 공간에서 방황하였던 세속에서 정녕 벗어날 곳과 지친 몸을 누일 곳이 무량사였음을 말해 준다.

> 눈 뜨면 걷고, 걷다 보면 앉고, 앉고 보면 눕고, 눕다 보면 자고, 자고 나면 술 마시고, 취하면 미치고, 술 깨면 차 끓이고, 차 마시면 독서하고, 독서하면 사색하고, 사색하면 시를 짓고, 짓고 나면 읊고, 읊고 나면 울고, 울고 나면 웃고, 웃고 나면 노래하고, 노래하다 춤추고, 춤추면 밭일하고, 밭일하면 약초 캐고, 약초 캐면 나물 캐고, 나물 캐면 삶고, 삶으면 먹고, 먹으면 거문고타고, 거문고타면 바둑 두고, 바둑 두면 독서하고, 독서하면 답답하고, 답답하면 시를 짓고, 짓고 나면 읊고, 읊다 말고 웃고, 울다 말고 술 마시고, 마시다가 취하고, 취하다가 미치고...
>
> (「매월당 김시습」, 51쪽)

주인공인 시습이 고행의 길의 시작과 끝맺음 사이에서 자유인으로서의 삶을 추구하는데, 그가 걸어가는 길에서 고뇌에 빠져 헤어 나오지 못함을 작가는 이렇게 걸음과 사색과 미침(狂氣)으로 형상화 하였다. 시습이 五歲 신동으로 불리던 시절부터 큰 인재로 크기 위해 노력했으나 유랑과 방랑 길을 택할 수밖에 없었고, 유교를 최고의 가치로 삼던 정신에 위배되는 현실정치와 관가를 거리를 두게 되는 두 가지의 장애를 가지고 있었다. 하나는 오세신동으로 불러주던 세종의 배려가 왕위를 찬탈한 세조의 밑에서 과거에 참여하는 멍에가 되어 정치를 할 수 없었고 둘째, 그는 병약하여 항상 약을 지참하고 예술적 기질을 토로할 붓을 늘 지참 하였는데, 병약한 기질은 그의 아버지로부터 내림인 듯하며, 광기로까지 비치는 예술가적 감수성과 의식은 그의 특징이 되었지만 길 위에서 나뭇잎에 써서 날려버린 시와 같이 마땅한 출구가 열려있지 않다는 시대적 상황*에 놓여 있었음을 말해준다. 이와 같이 살아온 매월당을 작가가 주인공으로 선택한 동기에는 유교라는 도덕적인 사고방식이 내재 되어 있다고 본다.

> 할아버지는 구십 평생 망건과 탕건을 벗은 적이 없었고, 오뉴월 삼복에도 버선 한 번 안 벗었다. (이문구, 관촌수필, 문학과 지성사, 1991, 33쪽)

> 할아버지의 존재는 비단 수복이들에게만 위엄과 고고의 상징은 아니었다. 서원 말 일대의 주민들에게도 추상같은 권위자였으며 향교안의 대성전이나 동서재를 거들어온 향반 토호의 가문과 유림에서도 함부로 근접할 수 없는 근엄과 기풍을 유감없이 발휘하고 있었던 것이다. (이문구, 관촌수필, 문학과 지성사, 1991, 35쪽)

작가 이문구는 강찬모의 평에 의하면 윗대인 아버지에게 사상을 수혈 받은 것이 아니라, 할아버지에게 이어 받은 것이었다. (..중략..) 아버지의 좌익 활동은 이들에게 정신적인 자양분을 수혈하는데 한계가 있었던 것으로 보인다. (..중략..) 이문구는 온갖 허드렛일과 공사판을 전전하며 자수성가하여 학업의 꿈을 이루었다**고 평한 것과 같이 작가 역시 한국전쟁이라는 동족 상잔의 굴레 속에서 아버지와 형들의 좌익 활동으로 얽혀진 멍에를 벗어던지는 방법은 오로지 문학으로 출세하는 길이라는 신념을 갖게 된다. 극단적

---

* 임금희, 이문구 소설 「매월당 김시습」연구, 한국현대문예비평협회,〈한국문예비평연구〉17권, 2005, 166쪽.
** 강찬모, 국문학 김지하와 이문구 문학의 인물정신연구-사상과 문체를 중심으로, 한국국어교육학회,〈새 국어교육〉74권, 271쪽

인 공포와 고독을 치유하기 위해 그는 독서를 시작*하였던 것이다.

친일문인임에도 불구하고 서정주의 문하생으로 시문학을 배우면서도 그의 영전 앞에 부치는 글에서 '이제야 사뢰옵건대, 저는 제가 발행인으로 펴낸『친일문학작품선집』(실천문학사, 1985)에 선생님의 글을 게재한 뒤에 선생님의 노여움을 짐작하여서 감히 찾아뵙기가 두려웠던 것이었습니다.'**라고 말한 것처럼 이문구에게는 문학의 완성도를 위해서는 친일의 정도나 이념보다도 문학인이 되는 것을 우선순위로 둔 것이다.

나중에 김동리의 문하생으로 있으면서도 사상적 이데올로기에 구설수가 오른 것도 어떻게 보면 문학에 대한 갈망과 시류에 대한 갈등 사이에서 방황을 하였던 점이 조선시대 세조의 왕위 찬탈을 바라보면서 유교적 관념으로 신하로서 용납될 수 없는 역사적 사실에 부딪쳐 이를 수용하지 못하며 절개를 가지고 번뇌하면서 세속을 벗어나려 방황했던 시습과 일치하는 점을 발견할 수가 있다.

(나) 작품의 事件에서의 상황적 비교

1) 작품과 작가의 사건 비교

소설「매월당 김시습」에서 주인공 시습은 단종이 폐위되어 노산군으로 봉한 후 영월 청령포에 유배 되었을 때, 상왕의 안위를 걱정하며 알현할 수 있는 방법이 있는가를 알아보기 위해 영월로 발길을 돌린다. 그가 염려했던 대로 세조는 단종이 자신의 정권을 유지하기 위해서는 존재하여서는 안 되는 인물로 치고, 사약을 내림으로써 왕위찬탈의 목적을 달성한다. 주인

---

* 김현철, 박선석과 이문구 소설에서의 상처치유 양상비교, 한국문학연구학회, 〈한국문학의 연구〉 59권, 2016, 448쪽.
** 이문구, 이문구의 문학동네 사람들, 랜덤하우스중앙, 2004, 10쪽.

공 시습은 단종의 어포를 수습하여 매년 동학사에서 제를 지내며 흠향하는 사건과 그 전 사육신의 찢기고 젓 담갔다가 노들나루 못미처의 새남터에 버려진 죽음을 수습하여 강 건너 노들언덕에 장사지내 준 일은 그 당시 어느 누구도 용기 내어 할 수 없는 일을 시습은 목숨 걸고 하였다.

> 소쩍새는 쉬지 않고 울어댔다.
> 서쪽, 섯서쪽, 소쩍새는 또 그렇게도 울고 있었다.
> 서쪽. 영월의 서쪽은 서울이었다.
> 서울은 상왕의 서울이었다. 영릉과 현릉이 서울이었고, 상왕을 다시 세우려다 꺾인 살신성인한 이들의 서울이었다. 그리고 매월당 자신의 서울이었다.
> (「매월당 김시습」, 201쪽)

> 연로에는 해가 거우듬만 해도 소쩍새가 어지러이 울었다. 소쩍새도 흥인문 밖에서부터 따라 나서서 차 성복처럼 어가를 지켜보며 미행을 하고 있었는지 모를 일이었다.
> (「매월당 김시습」, 201쪽)

이 소설에서는 유난히 단종의 비애를 소쩍새의 울음으로 형상화한 내용이 많이 들어있다. 한국에서는 예로부터 '소쩍' 하고 울면 다음 해에 흉년이 들고, '솥 적다'라고 울면 '솥이 작으니 큰 솥을 준비하라'는 뜻에서 다음 해에 풍년이 온다는 이야기가 전해 내려오는 새로 봄부터 해가 설핏하면 울기 시작하여 밤새도록 울어대는 여름 철새이며 그 울음소리가 구슬프게 들려 시습의 마음과도 같았을 것이다. 소쩍새가 울고, 또 울어대는 것이 심곡으로 유배당해 온 단종의 심정이며, 단종의 복위를 위해 항거하던 사육신의 혼이며, 역사의 질곡에서 어찌지 못하고 배회하는 시습의 마음을 모두 담았다고 볼 수 있으며, 소쩍새의 울음이 이 소설의 전개가 슬픔과 절망이라는 모티브에 지속될 것이라는 예견을 해준다.

하룻밤 사이에 하늘이라도 바뀐 양 무서리를 하면서, 잇꽃 물과 치자 물을 한꺼번에 뒤집어쓴 것 같던 계룡산의 단풍도 며칠이 못 가 가랑잎으로 쌓이고, 자고 나면 허옇게 된 내기를 하여 섬돌 밑으로 남아 있던 늦풀 몇 포기까지 아주 못쓰게 얼데쳐 놓곤 하던 10월 하순께의 일이었다.

매월당은 달도 없어 철매 같은 어둠을 지고 운파를 따라 방에 들어선 사내를 보는 순간, 외쳤다.

「엄호장!」

그리고 그뿐이었다. 오면 아니 될 사람이 나타났으니 할 말이 있을 리 없었다.

호장 엄흥도는 무릎을 꿇고 보따리를 풀었다. 곤룡포였다. 매월당은 곤룡포를 받들어서 북벽에 걸었다. 절을 하고 곡을 하였다. 요사에서 잠잘 채비를 하고 있던 중들도 염불은 말고 곡을 하였다. 호장과 그의 아들 호현도 곡을 하였다.

호장은 오직 마음 놓고 올 곳을 찾아서 마침내 당도한 사람처럼 울만큼 울고 난 뒤에,

「상감마마께서는 스므나흗날 유시에 승하하셨습니다.」 (「매월당 김시습」, 251쪽)

호장은 반백이 다 된 머리를 숙이며 방바닥에 주르르 눈물을 흘렸다.

「만년토록 어두운 지하마저 야반 삼경의 어둠 속에 듭셨으니... 어허, 천고소무사(千古所無事)라, 대체 어느 말세에 이런 일이 있었더냐.」

매월당은 방바닥을 치면서 벽에 걸어 놓은 어포를 우러러보았다.

어포는 외인의 이목을 꺼리어 백지로 싼 다음에 대웅전의 본존불 옆자리에 간수하였다.

그리고 제단을 만들었다. 지난여름 육신의 1주기를 맞아서 고려의 충신들이 쉬는 삼은각 옆에다 쌓았던 육신단의 윗자리에 어탑을 앉히듯이 영좌를 증설한 것이었다. (「매월당 김시습」, 261쪽)

「선생들, 여기 계셨소이다. 그려.」

매월당은 가슴이 복받쳐서 말을 잇지 못하고 엎드려서 울었다.

육신의 머리는 섬에 담아다가 무덕지게 쏟아 부리고 간 그대로 한군데에 쌓여 있었다. 바람결에 맡은 시취로 하여 곧장 찾아낼 수가 있었다. 효수경중(梟首警衆)을 한다고 머리끄덩이에 명색을 적어매어 놓은 종이 오리가 마른 풀잎처럼 바람에 나부끼고, 저만치 떨어져서 희읍스름하게 보이는 것은, 속을 비우고 내버린 섬

이 바람에 뒹굴다가 움버들의 밑동에 걸려 있는 것이었다.

　제 나름으로 재배를 하고 꿇어 앉아 흐느끼던 천석이가 문득 제 옷 보퉁이를 끄르더니, 언제 채비를 했는지 기름종이에 싸두었던 황랍 한 토막과 부시를 뒤져내었다. (..생략..)

　천석이는 중얼거리며 부시를 쳤다. 암흑 칠야에 인적이 부도인 데에 힘입어 마음 놓고 하는 짓이었다.

　바람이 거센데도 부시가 붙었다. 황랍토막에 불을 댕겨 비춰보니 황지단필(黃紙丹筆)의 예에 따라 누런 종이 오라기에 붉은 글씨로 '모반대역 삼문 능지처참', '모반대역 팽년 능지처참'이니 하고 끼적거린 것이 한눈에 들어왔다.

　매월당은 매죽헌 부자와 벽량, 취금헌, 백옥헌의 두상을 한 번씩 받쳐 들면서 곡을 그치지 않았다. 어느새 한두 낱씩 듣기 시작한 빗낱에 촛불이 꺼진 뒤에도, 천석이가 움버들에 걸려 있던 섬을 도로 주어다가 두상을 담고 아물린 뒤에도 매월당의 흐느낌은 그치지 않았다. (「매월당 김시습」, 310~311쪽)

　시습은 세조의 왕위찬탈을 바라보며 관직에 뜻을 접고 산천을 돌며 세속을 벗어나 뜨거운 가슴을 녹일 때, 단종의 유배 소식을 전해 듣게 된다. 궁궐의 혼란스럽고 스산한 소식과 백성들의 원성이 잦아지자 불길한 느낌이 들게 된다. 궐내의 공기가 갈수록 흉패하게 돌아간다는 소식을 들은 것은 시습이 영월에 들러 단종을 알현하고 돌아온 지 얼마 되지 않은 여름이었다.

　하늘과 사람의 이치를 범해서 그런지 세조의 아들 세자가 중한 병을 앓고 병세가 더욱 악화되어 간다는 소식을 접한 시습은 조만간 그 거칠고 사납고 냉혹한 성미의 세조가 머뭇거리거나 삼가는 일 없이 차마 말 못하는 일을 저지를 수 있다는 예견을 하게 된다. 결국 여섯 명의 충신들이 효수형에 처해 새남터의 모랫바닥에 버려지고, 단종은 사약을 받아 강물에 던져지게 된다.

시습은 부리던 종 천석이와 함께 한밤중에 다른 사람들의 이목을 피해 새남터 모래밭에서 사육신의 머리를 수습하여 노량진 강가의 언덕에 예를 갖추어 충신들의 영혼을 달래주고 길을 떠났다. 동학사에 자리하고 얼마 되지 않아 또한 예상했던 비보를 듣게 되니 영월의 상왕께서 돌아가시었다는 소식에 더욱 좌절을 하게 된다. 사육신의 제단과 함께 단종의 제단을 조성해 놓고 흠향하며 제를 올리는 것으로 억울하게 세상을 뜬 위령들을 달래주는 사건들이 작가 이문구가 지내온 군사정권시대의 행동과 일부 일치됨을 볼 수 있다.

이문구는 김동리에게 문학을 배우면서도 정치적인 괘는 같이하지 않았다. 작가활동을 하면서 「월간문학」, 「한국문학」, 「실천문학」 등의 편찬과 발간을 하였다. 박정희정권의 군사독재가 장기집권을 하기위해 유신을 선포할 즈음 정치권과 예술인, 운동권에 대한 압박이 심해지던 1974년 가을 '자유실천문인협회'는 11월15일 청진동의 귀향다방에서 고은, 신경림, 염무웅, 조태일, 박태순, 황석영 등이 참석하여 첫 발기모임을 가졌다. 이튿날에는 내가 일하고 있던 월간문예지 「한국문학」에서 2차 모임을 갖고 총책 고은, 선언문 기초책 염무웅, 실무책 박태순, 문인규합 연락책 이문구 등으로 소관을 정하였으며, 공휴일이었던 17일에는 한국문학사에서 고은, 염무웅, 조태일, 이성부, 박태순, 양성우, 황석영, 이문구 등이 3차 화합을 갖고 가입문인 101인의 최종 확인과 모임의 명칭을 정했으며, 선언문을 '문학인 101인 선언'으로 제목한 다음 출입구의 셔터를 안으로 잠그고 선언문의 필경복사 및 언론기관의 보도 의뢰를 분담하였다.'*고 작가가 직접 말하였듯이 좌익의 족쇄에서 벗어나지 못해 정치권과는 동떨어진 삶을 지향하던 작가도 반독재 투쟁에 가담하게 되는데, 작가 자신이 유신정권 아래 궁핍한 삶 속에서도 구속되어 생활이 곤란한 문인들을

---

* 이문구, 이문구의 문학동네 사람들, 랜덤하우스중앙, 2004, 107~108쪽.

찾아가 물심양면으로 도움을 주고, 그 가족들을 보살피며 챙기기를 주저하지 않았다. 1980년대에는 국보위의 정치쇄신특별조치법에 의해 정치활동에 규제와 사찰을 받게 되기도 하였다.

결국 김시습은 부딪친 현실에 순응할 수 없었다. 부당한 현실에 체념하지도 못했다. 그리하여 자아와 세계 사이에는 타협과 조화가 이루어지지 못하고 고민과 갈등이 지속되었다. 세계의 불합리에 타협하거나 물러서지 않고, 대결하여 참다운 인생을 되찾고 사회를 개조하려는 이념을 버리지 않는 자세이다. 현실주의 정신이었다. 이러한 현실주의 정신의 인간이 서 있을 기반을 갖지 못하여 그 시대의 〈아웃 사이더〉로써 악전고투하지 않을 수 없었다.*

작가 이문구 역시 빨갱이의 자식이라는 굴레를 짊어지고서도 시대의 커다란 풍랑 속에서 고민과 갈등을 겪어가면서 매월당 김시습과 같은 올곧은 품성으로 문인으로서의 자긍심과 자존심을 지킨 진정한 문인이었다고 볼 수 있겠다.

2) 작품과 작가의 생의 경로 비교

매월당의 생애에 대하여는 尹春年의 「매월당선생전」, 李耔의 「매월당집서」, 李山海의 「매월당집서」, 李珥의 「김시습전」, 김시습 자신이 쓴 「上柳襄陽陳情書」 등을 통하여** 개괄할 수 있는데, 매월당은 전국 여러 곳으로 방랑을 하며 한 곳에 정착하기를 꺼려하였다. 도성의 소식을 가까이 듣고자 북한산 기슭에 자리 잡고 기거하기도 하였고, 천년의 역사를 담은 금오산 기슭에 자리 잡고 문인으로서 많은 집필활동을 하였으며, 고향과 가까

---

* 임형택, 매월당의 문학의 성격-방외인 문학의 세계와 현실주의 정신, 성균관대학교 대동문화연구원, 〈대동문화연구〉13권, 1979, 79쪽.
** 심경호, 김시습론, 한국한시학회, 〈한국한시작가연구〉 3권, 1998, 145쪽.

운 설악산 기슭에 자리 잡고 한동안 지내기도 하였으며 나중에는 계룡산의 동학사에서, 그리고 인생 끄트머리에 만수산의 무량사에서 그 한 맺히고 기나긴 인생길을 마감하였다. 이처럼 매월당은 평생을 길에서, 또 산에서 자신의 자유로운 영혼을 지키기 위해 떠돌며 생활한 만큼 그가 머물렀던 공간 구조를 살펴보면 그의 삶의 여정의 의미를 찾게 되는* 단서를 제공한다고 하였듯이 매월당의 생에서 산이 차지하는 비중은 상당하다. 그의 주요 행적에 따라 기거했던 장소를 분류해 보자.

첫 번째로 북한산은 매월당이 과거에 입문하여 자신의 포부를 펼칠 꿈을 준비하던 시발점이 되는 곳이기도 하고, 세조의 왕위찬탈을 직접 바라보며 울분을 참지 못하고 세종과의 약속을 지키지 못함에 세상으로 나갈 수 있는 과거공부의 뜻을 접고 방랑의 길로 들어서는 계기가 되는 시발점이 된다.

> 그럴 즈음에 찬탈이 있었다는 소식이 올라왔다. 밀초를 사러 내려갔던 거자 하나가 소문을 한보따리 얻어 가지고 돌아온 것이었다. 역성(易性)만도 못한 추악한 것이었다. 뿐만아니라 영묘가 따로 불러 신신당부했던 영묘의 충신들이 등을 돌려 주구 노릇을 했다는 것이었다. 매월당은 사지가 부르르 떨렸다.
>
> (「매월당 김시습」, 36쪽)

매월당이 전념으로 공부했던 유학의 도를 손쉽게 벗어던지는 관료들을 바라보며, 義가 밟힌 것이 불의의 발호이며 아울러 치세의 종말이며 난세의 개막이라 보고, 그 굴레를 벗어나고자 스스로 머리를 깎고 역신들을 단숨에 베어버리고 싶은 충동을 참으며 외롭고 고독한 義로의 길로 들어서는 다짐을 하게 된다.

---

* 임금희, 이문구 소설 「매월당 김시습」연구, 한국현대문예비평협회, 〈한국문예비평연구〉 17권, 2005, 165쪽.

네 벽은 쌓아 놓은 책으로 거의 가려져 있었다. 서울에서 오르내리는 인편이 있을 때 마다 훈도방에 있는 교서관의 외관에 들러 책을 짐으로 사 나르게 한 결과였다. 그러므로 책은 인출이 된 지 얼마 아니 되어 열에 일고여덟은 새 책들인 셈이었다. 그런데도 방안에는 새 책들이 없었다. 취하여 쓰러지면 책을 베개로 베거나 읽다 가 느꺼움이 복받쳐서 내던지곤 하여 구겨지고 뜯어지고 뒤틀린 것들이 전부였다. (「매월당 김시습」, 51쪽)

두 번째로, 북한산을 떠나 정착한 곳은 신라 천년의 역사를 이어온 경주의 금오산이었다. 경주의 관원들로부터 아낌없는 배려를 받을 수 있었던 것은 매월당 자신의 명성이 워낙 높기도 하였지만 매월당의 죽마고우들이 경주부의 관원으로 계속 내려온 덕택이기도 하였다. 그들과의 교류에서 마음을 주체할 수 없는 울분을 달래려 술에 취하고, 그러면서도 책을 벗 삼으며 창작활동을 줄기차게 하니 우리나라의 최초 한문소설이라 알려진 「금오신화」를 비롯한 많은 작품을 남기게 된다.

세 번째로, 설악산에서의 생활이 이 책에서는 많은 비중을 차지하는데 설악산이라는 공간은 산새도 못 견디고 떠나는 세상 밖으로 인식되는 공간이다. 그러므로 부역에 시달리다 도망 나와 설악산에서 칡을 캐는 유민을 대신하여 탄식의 시를 읊는가 하면* 절의를 지키기 위해 고사리로 연명한 백이숙제의 삶을 추구하는 절의를 지키고, 현실에서 도피하고자 하는 매월당의 모습을 볼 수 있다.

네 번째로, 계룡산을 말할 수 있는데 단종의 복귀를 위하여 충절을 지킨 사육신의 제단을 만들고, 단종의 죽음을 슬퍼하며 단종의 제단을 설치하여 영호남으로 연결되어지는 교통의 중심지가 되는 계룡의 동학사에 기거를 하면서 충과 신하의 도리를 만천하에 기억하게 하는 많은 선비들에게 매월당의 충정을 일깨워 주었다.

---

* 임금희, 이문구 소설 「매월당 김시습」연구, 한국현대문예비평협회, 〈한국문예비평연구〉 17권, 2005, 170쪽.

이처럼 매월당이 전국을 돌며 방황하고 세상에 대한 한을 술과 문학과 충심으로 제 마음을 달래며 당시의 매월당은 세상이 알아주지 못하여도 천년이 지난 후에는 반드시 알아줄 것이라는 자부심으로 그 시대를 살아갔다.

작가 이문구 역시 그의 생애는 김시습과 마찬가지로 방외인의 길을 걷는 방황의 길을 걸었음을 볼 수 있다. 첫 번째로 그가 태어나서 고향에서 겨우 중학교를 마치고 도망치듯 서울로 상경한 것은 아버지가 지역 남로당 총책으로, 형들 또한 공산주의에 빠져들어 바다에 수장당한 그 동네에서 살아가기는 여간 힘들었을 것이다. '세상에서 가장 무서운 것이 사람이다. 사람을 피하자. 이것이 열한 살인가 열두 살인가 나던 해에 내가 했던 다짐이다.'*라고 작가가 직접 피력했다시피 빨갱이라는 손가락질로 연좌제를 당할 때의 고립감은 고독이고 무서움이었다.

> 그렇구나. 문학가가 되면 죽은 목숨이 산목숨으로 돌아서는 수도 있겠구나. 난리 통에도 최소한 명색 없는 개죽음만은 면할 수 있겠구나. 나도 앞으로 문학가가 되면 적어도 함부로 잡아다 맘대로 죽이지는 않겠구나. 집구석이 풍비박산이 되고도 한참이 지나도록, 빨갱이 자식이라는 손가락질을 겁내어 사람이라면 아이들까지 어울리기를 꺼리고 피해 다니던 나에게는, 그야말로 희망과 용기를 주는 수필이 아닐 수가 없었던 것이다. (「이문구의 문학동네 사람들」, 282쪽)

두 번째의 생의 경로는 오직 문학만이 자신을 구제해줄 수 있는 계기가 될 것이라는 신념으로 친일의 족쇄에서 풀려나지 못한 김동리와 서정주의 문하생으로 입문하여 궁핍으로 인한 막노동도 개의치 않으며 오직 문학의 길을 걷는다. 춘원의 「흙」을 읽으며 문학의 꿈을 키워왔던 소년이 '큰 나무 그늘에 들어서면 뙤약볕도 피하고 또 소나기도 피하고, 바람을 타게 되

---

* 이문구, 이문구의 문학동네 사람들, 랜덤하우스중앙, 2004, 278~279쪽.

더라도 덜 타게 될지 모르는 것이 아닌가. 아무리 빨갱이 자식으로 자랐기로서니, 설마한들 김동리가 가르치는 제자에게까지 함부로 어떻게 하겠는가.'*라며 이문구에게는 문학만이 자신이 살아갈 수 있는 명분이라 생각하게 된다. 그러한 작가의 잠재적인 사고방식에서 현실정치에서의 외면에 의해 많은 식자층에서 지속적으로 비판의 대상이 되기도 하였다.

세 번째로 그가 자유실천문인협회를 발기하고 간사에 임하며 많은 작품 활동을 하다가 경기도 화성으로 이사를 가게 된다. 유신철폐운동에 문인으로써의 책임감과 당면성에 반정부 반독재운동에 가담한 것이다. 어찌 보면 그로서는 태생적으로 정치에 관여하기를 주저하는 성향일 수밖에 없었지만 중견문인으로서 상응하는 활동에 주저 할 수는 없었을 것이다. 창작을 하기 위해 화성으로 이사를 하였지만 그 내면에는 정치적인 기류에서 피하고자 하는 의도 또한 있다고 볼 수 있겠다. 그러나 그 와중에서도 문인들의 어려운 사정에는 발 벗고 도와주는 일에는 온 힘을 다하였다. 유신정권이 무너지고 군부독재가 다시 시작되는 80년대 「누구는 누구만 못해서 못하나」 라는 꽁트집이 계엄사령부에 의해 판매금지가 되고, 국보위가 '정치쇄신특별조치법'에 의 해당자로 발표되는 등 시련을 당한다. 그 후 다시 광주민주화운동이 일어난 뒤 서울로 주소지를 옮긴다.

네 번째로 그는 어지러운 문단에서 떠난다는 명목으로 고향근처 청라면 장산리 화암서원 옆으로 주소지를 옮기면서 귀향을 하는데, 지친 심신을 치료하며 이곳에서 작업실을 열어 「매월당 김시습」과 「토정 이지함」을 창작하게 된다.

이문구의 소설은 거의 대부분 자신이 직접 겪은 일이거나 또는 누구에게 전해들은 이야기를 근간으로 하고 있다.** 김시습이 전국을 돌면서,

---

* 이문구, 이문구의 문학동네 사람들, 랜덤하우스중앙, 2004, 283쪽.

** 장영우, 이문구 소설미학과 한국소설의 가능성, 한국문학 연구학회, 〈현대문학연구〉 39권, 2009, 526쪽

생을 길에서 보내며 경험하고 사색하였던 것들을 글로 남겼듯이 이문구 역시 경험에 의한 모든 것들을 작품으로 남겼으며 이는 그들의 자화상이라고 말할 수 있다.

또한, 김시습이 당대 집권세력 내부의 권력투쟁이 격화 되면서 특히 농민들에 대한 수탈과 핍박이 한층 가혹해지고, 그 결과 농민들은 점차 토지로부터 유리되어 소작농으로 전락*되어 가는 것을 바라보는 시각과 이문구가 도시산업화로 이농현상이 발생되어 황폐해지는 농촌의 인간 군상들을 바라보며 느꼈을 심정은 고스란히 작품에 영향을 주었다. 이렇게 작품 속 주인공 매월당 김시습과 작가 명천 이문구는 인생의 삶에 있어 비슷한 경로의 길을 걷고 있음을 볼 수 있다. 김시습의 생애가 이문구에게 끼친 영향은 시대는 다르지만 문인이라는 공통점 위에 어릴 적에 환경이 주는 영향이 그들에게 평생토록 쫓아 다니며 삶의 멍에가 되어 한과 원한을 타개하는 방법으로 글로써 표현하고 낙향 후에 창작된 작품들이 후배 문인들에게 큰 영향을 주었음을 익히 알 수 있다.

(2) 작품에 나타나는 향토, 토속적인 작가의 영향

시습의 고향은 강릉이다. 그래서 시습이 길을 떠나 자주 들르며 머물렀던 곳도 관동지역이었음을 알 수 있다. 작가 이문구의 고향은 충남 보령이다. 보령은 충청도의 서해안으로 평야를 이루고 있는 지역이지만, 차령의 높은 산맥이 이어져 강원도의 산세와 비슷한 깊은 산중을 가지고 있기도 해, 한때는 석탄광산업이 발달하기도 하였다. 이러한 비슷한 지리적 환경으로 인하여 소설 「매월당 김시습」에는 작가의 토속적인 지정학

---

* 박영주, 매월당 김시습의 문학세계, 반교어문학회, 〈반교어문연구〉 12권, 2000, 70~71쪽.

적 영향과, 김시습과 연결 되어지는 한산이씨 가문의 선대들에 대한 양반가의 자부심이 작품에도 영향을 끼쳤다고 본다.

대저 호서에는 산이랄 만한 것이 드문지라 절집이라 해도 높직하거나 깊직 한데가 없사옵고, 제가 있어본즉 아늑하기는 결코 태백의 줄기에 비할 바가 아니더이다. 갑사가 그러하고, 신원사가 그러하고, 마곡사가 그러하고, 또 계룡에서 달아나 차령에 숨은 홍산의 만수산 기슭에 있는 무량사와 남포의 성주산 기슭에 성주사 역시 그러하고... 여름에 서늘하고 겨울에 푸근하며, 바위가 둔박하고 흙이 살찐 것이 충청우도 지방의 다른 점이라, 장차 만년을 얻었다가 식은 몸으로 갋고 가기에 만만한 곳으로는 그보다 나은 데가 있을까 싶지 않더이다. (「매월당 김시습」, 226쪽)

시습은 관서, 호남, 관동, 금오 등 우리나라 여러 지역을 유랑하면서 작품 활동을 해 왔는데, 명분론에 입각하여 불의에 대한 비타협적인 태도로 일관한 삶의 고통을 시와 소설로 형상화한 뛰어난 문학가로 알려져 있다. 그런 시습이 지친 몸을 쉬일 곳이 차령산맥의 줄기에 자리 잡은 무량사로 일찍부터 생각했던 것은 보령지역의 산이 주는 포근함이었을 것이다. 이곳은 통일신라시대 음양풍수설의 대가이며 고려 태조의 탄생을 예측했다는 도선국사(827~898)가 성주산에 들러 시를 읊을 정도로 예부터 유명하였다. 특히 성주사는 신라시대 고찰이었으나 임진왜란 이후 소실되어 폐허가 되고 몇 개의 석탑과 석등이 고찰이었음을 말해주고 있지만 산으로 둘러싸인 아늑한 가람 터였다. 어린 시절 청운의 꿈을 안고 당나라에 유학을 가 황소의 난을 문필로써 격퇴시키는 공헌을 하여 관직에 오른 최치원이 당나라에서 돌아와 조국 신라에 헌신하고자 했지만, 6두품이라는 출생성분의 골품제도에 부딪혀 뜻을 펴지 못하는 좌절을 전 세대에 경험한 신라 명필가 최치원이 쓴 국보 제8호 보령 성주사지 대낭혜화상탑비가 남아있기도 하여 이곳을 시습이 노후에 안착할 곳으로 정하였던 것은 역사의 아이러니라 할 수 있다.

여기서, 도선국사가 읊었던 시 '성주산(聖住山)'을 보면 작가 또한 작품에 인용하여 영향을 받았음을 알 수 있다.

行行聖住山前路 (가며 가며 길 트인 깊은 산)
雲雲重重不暫開 (구름안개 겹겹이 쌓여 있는 곳)
看取木丹何處折 (모란줄기 어디에 꺾어진 것인가)
靑山萬疊水千廻 (푸른 산산 첩첩이 물 천 번 도네) (도선국사, 성주산, 성주산자연휴양림 시비)

시습이 양양부사 유자한이 후사를 도모하기 위해 올려보낸 소동라와 대화 속에 성주산의 글귀가 녹아들어 있다. 「기다려 보자니요. 아니, 안개 층층, 구름 층층, 물 층층의 반벽강산(半壁江山)에 안치되어 기다리긴 뭘 더 기다리란 말씀이니오니까. 반달속의 계수나무에 꽃피기를 기다리는 겁니까, 은하수에 별똥별이 마당에 떨어져 금덩이로 화하기를 기다리란 말씀입니까.」 (「매월당 김시습」, 226쪽)에서 관기 출신인 소동라가 산속 생활에 적응하지 못하고 시습에게 까탈을 부리는 대목에서 '안개 층층', '구름 층층', '물 층층'이라는 표현은 위의 시 성주산의 '雲雲重重不暫開'와 유사함을 발견할 수 있다.

「나도 책을 구하는 대로 신선 공부에 한번 깊이 볼 셈이거니와, 대저 신선 공부가 뭣이겠느냐. 네 말마따나 생사람 잡는 관가가 없고, 생사람 잡는 법률이 없고, 생사람 잡는 상전이 없고... 그렇게만 살아도 신선이 사는 모습이리라. 가1거라. 그 섬인즉 곧 해뜨는 곳이 아니더냐. 가서 부디 그 아이와 한 살이(혼인)하여, 유자생녀 하고, 네 세상 살아가거라.」 (「매월당 김시습」, 320쪽)

146

매월당이 사육신의 주검을 수습하고 자신을 도와준 천석이와 이별을 하면서 한 말이다. 매월당의 입을 통해 작가는 인간에게 이상향이란 인간에게서 도리를 어기지 않는, 하늘의 뜻에 순응하는 곳임을 신선공부라는 도학의 논리로 대변한다. 이처럼 작가는 보령지역의 향토적 산수 정경과 도선국사의 풍수학을 이어받은 토정 이지함 선생의 가계를 이어받은 후손이라는 긍지와 사상을, 선인들의 시상을 작품 속에 녹여냈다. 또한, 시습이 무량사를 고향처럼 생각한 것은 설악처럼 험하지 않고 평지나 다름없는 기슭에 위치하여 마음에 담아 두었을 것이다.

> 「내 동학사에 머물 적에 한번 돌아 봤느니라. 계룡 갑사며, 마곡사며, 신원사며, 성주사며… 다들 군색한 고찰일러니, 다만 무량사는 외산(外山)에 터한 고로 길이 심히 장구목져서 아마 백년이 가도 관행(官行) 하나는 없을지니라. 그만하면 동학사 나들이도 무던한 편인즉 이번 춘향을 잡숫고 나면 바로 그리로 옮겨서, 얼마 남지 않은 앞날일랑은 계서 저무리라.」(「매월당 김시습」, 375쪽)

실제로 무량사는 외산면 버스터미널에서 10여리 평지와 같은 좁은 길을 들어가야 한다. 불과 몇십 년 전까지는 조용하다 못해 한적하여 인적이 드문 산사였다. 그 덕에 주변 성주사는 임란의 피해로 절터였음을 말해주는 비각과 석탑만이 덩그러니 남고 사라졌지만, 무량사는 피해를 입지 않고 난을 피할 수 있었던 것이다. 시습의 미래를 바라보는 선견지명에는 저 멀리 도선국사의 음양풍수설의 영향을 받았음에 놀라지 않을 수 없고, 이문구가 소설 「매월당 김시습」에 자연에 대한 풍수학을 논한 것 또한 작가의 가문 중 토정 이지함 선생이 있기 때문이기도 하며, 나중에 창작활동에 몸과 마음을 추스르기 위해 작업실을 화암서원이 있는 충남 보령의 청라에 두고 「토정 이지함」을 창작하는 계기가 되기도 하였다.

작품에서 서사전략으로 풍수지리 내지는 사상을 작품의 모티브나 배경으로 삼고 있으며, 그것이 사건의 전개와 스토리의 한 중요한 축으로 설정*되어 있는 작품에 이문구의 소설이 들어있음도 여기에서 기인된 것이라 하겠다.

> 다섯 살이 되자 나중에 대제학을 지낸 존양재 이계전의 집에 다니면서 존양재의 맏아들이자 나중에 대제학을 지낸 소꿉동무 파(坡)와 봉(封)의 형인 우(堣)와 함께 《중용》과 《대학》을 떼었는데, 존양재와 나란히 이웃에 살았던 성균관 사예 송월당 조수(松月堂 趙須)가 《논어》의 학이장에서 열(悅)자를 빌려 열경이라 자를 짓고 설을 지어 준 것도 그 무렵의 일이다. (「매월당 김시습」, 329쪽)

작가 이문구가 소설 「매월당 김시습」을 창작하게 된 동기가 서울신문사의 역사인물 열전의 참여가 그 근본이었지만 그 많은 인물 중에 시습을 선택하게 된 동기에는 그의 가계와 시습간의 인연에서도 한몫하였음을 존양재와 김시습간의 연결고리를 작품의 내용에서도 설명하였듯이 작가의 가문에 대한 자긍심을 보여주며, 이문구는 태어나고 어릴 적에 보고 느낀 고향의 향토적이고 토속적인 분위기를 영향을 받아 소설 「매월당 김시습」에 녹여 내었다고 볼 수 있다.

(3) 작품의 심미성과 문학적 가치

(가) 초기 농민소설의 문학적 가치

이문구의 소설은 토속적 어휘와 사설체의 긴 문장, 해학으로 농촌

---

* 조성면, 풍수지리와 한국의 대중소설-유현종의 「사설 정감록」을 중심으로, 민족문학사학회, 민족문학사연구소, 〈민족문학사연구〉 48권, 2012, 290쪽.

의 서정과 풍경을 능숙하게 그려낸다. 이문구에게 따라다니는 농촌 혹은 농민소설의 작가라는 호칭은 이문구 소설이 지니는 토속적 세계와 전통적 서사원리에 연유한 바 크다*고 보았다. 그는 처음부터 농촌을 주제로 한 소설을 즐겨 쓰게 된 동기는 아무래도 그가 어린 시절에 보고, 듣고, 느낀 것들이 잠재적인 소재가 되어 접근하기가 쉬웠을 것이다. 초기에 주로 농촌소설의 단편으로 시작하였으나, 1970년대 근대화 영향으로 사회생활의 질이 높아지고 우리 농촌은 이농현상으로 농촌은 상당히 피폐화되면서 도시와의 불공평한 관계가 심화되던 시기에 이문구의 소설도 연작소설 형태로 바뀌면서 「관촌수필」, 「우리동네」와 같은 농촌의 이야기로 변모하는 과정을 거친다. 이러한 형태의 소설로 전통적인 농촌문제의 핵심은 그 원인이야 어디에 있었든, 가난이라 말할 수 있다**고 보면서 「우리동네」에서는 농촌 붕괴의 원인이 정치적, 도덕적인 문제라기보다는 더 근본적인 농촌 삶에 팽배해 있는 불만과 좌절의 분위기, 즉 갈등의 문제로 보고 작가는 농촌소설을 연작의 형태로 농민들이 살아가는 모습을 토속적인 내포지방 사투리를 사용하여 「우리동네」와 같은 작품을 만들어내어 이런 갈등 속에서 어떻게 하면 인간다운 공동체를 만들어갈 수 있는가를 고민하였다. 「관촌수필」에서는 생존의 논리와 윤리가 어긋나는 현실의 황폐함과 지향하는 잃어버린 인간과 자연의 통합적인 삶의 원리***를 우리의 근대화 과정과 그 부정적인 양상을 성찰하는 태도에서 나왔다고 볼 수 있다.

그의 문학은 그 미적 성과와 문학적 의미에 대하여서는 거의 이견 없이

---

* 진영복, 현역중진작가 연구1;이문구론-인정(人情)의 세계에서 인정(認定)의 세계로, 161쪽.

** 이문구, 우리동네, 민음사, 2005, 398쪽.

*** 진영복, 현역중진작가 연구1;이문구론-인정(人情)의 세계에서 인정(認定)의 세계로, 163쪽.

우리 문학의 대표적으로 평가되어 왔지만,... 탁월한 성과에도 불구하고 여전히 '보수적', '복고적', '농촌적'이라는 수식어에 사로 잡혀 있다. 그러나 앞서도 살펴본 바와 같이 이문구의 문학은 그 자체로 우리의 근대적 삶의 구체상과 운동의 과정을 담아내고 그 운동 과정 안에서부터 근대적 삶의 모순의 과정을 천착*하고 있음을 보여준다.

이러한 그의 농촌문학 작품에 사용한 언어는 토속성이 강하여 이 지역의 언어연구에도 상당한 자료로 사용되고 있으며, 토속성이 강한 토박이말은 표준어로는 표현해낼 수 없는 언어의 한계를 극복**하는데 중요한 역할을 한다. 토박이말은 지역공동체의 인문 지리학적인 희로애락의 정서를 담아내는 데에는 현장의 언어로써 생기를 불어넣는 활력소가 되기도 한다. 이런 작품의 심미성이라든가 문학적 가치로 볼 때에 이문구의 삶과 행동에 대한 비평보다도 그의 작품에서 표출되는 인간성을 중시하고 이제는 흔적으로 조차 남아 있기가 어려운 생활양식이나 풍속을 기록한 박물관의 유품처럼 그의 작품에 찬사를 아끼지 말아야 할 것이다.

(나) 후기 역사소설의 문학적 가치

농촌문학으로 대변되는 이문구의 작품 중에서 말년에 고향으로 내려와 창작을 한 두 편의 소설 「매월당 김시습」과 「토정 이지함」은 그의 다른 면모의 문학성을 알리는 역사소설의 부류로 볼 수 있다. 역사소설은 역사와 허구적인 이야기가 실제와 관련이 다르더라도 인간 실존의 근본적인 역사성을 제시한다. 역사와 허구적인 이야기가 서로의 빈틈을 메우며 인간 삶의 진실을 향하고, 역사인물의 심연에 내재되어 있는 영혼을

---

* 진영복, 현역중진작가 연구1:이문구론-인정(人情)의 세계에서 인정(認定)의 세계로, 183쪽.
** 진영복, 현역중진작가 연구1:이문구론-인정(人情)의 세계에서 인정(認定)의 세계로, 183쪽.

그려낼 때 그 시대의 상황을 풍부하게 묘사를 할 수 있다. 그러기 위해서 작가는 역사위기의 시대를 냉철하게 통찰하여야 한다.

토정은 빗발이 사뭇 들이치자 이 손에서 저손으로 대지팡이를 옮겨 쥐며 한쪽으로 거우듬하게 쏠려있던 쇠 갓을 바로 만졌다. (「토정 이지함」, 11쪽)

토정에게는 대지팡이와 쇠 갓이 그를 상징처럼 따라 붙는다. 전국을 돌며 방랑하는 그에게 지팡이와 갓은 필요불가결한 물품이었다. 대지팡이는 여행길에 몸을 의지하는데 유용하고, 그의 갓은 더위와 비를 가리기 위한 일반적인 용도뿐만 아니라 때로는 밥을 하거나 물을 떠 세안을 할 때에도 사용을 하는 실용성의 극대화를 실천한 것이다. 「토정 이지함」 역시 보령의 청라에서 태어난 한산이씨 명가 출신인데 이문구는 전기형식의 역사소설의 틀에서 벗어나 이지함이 출사하여 위기에 처한 백성을 구휼하고자 하는 위민사상의 시간을 극대화하여 이지함이란 인물의 성격화를 고도로 집적시킨 작품으로 볼 수 있다.

역사소설 「매월당 김시습」과 「토정 이지함」에서는 농촌소설에서 볼 수 있었던 토속적인 어휘가 많이 사라지고, 역사 속에 큰 족적을 남긴 위인의 인간적 내면의 세계 속에 백성을 위하고, 임금을 섬기는 충효의 유교적 정신을 지키기 위해, 혹은 지키지 못해 고민하고 갈등하는 한 인간으로서의 절망을 한으로 표현하여 지금의 세상에서 일어나는 일상의 일인 것처럼 생생하게 전달된다. 이문구가 이렇게 역사소설을 기획하게 된 데에는 그 바탕에 유학을 삶과 문학에 큰 젓줄로 의지하고 있지만, 자기 사상의 독단에 빠지지 않았다는 것*이다. 또한 자신이 추구하는 사상을 절

---

* 강찬모, 국문학 김지하와 이문구 문학의 인물정신연구-사상과 문체를 중심으로, 한국국어교육학회, 〈새 국어교육〉 74권, 2006, 272쪽.

대화하여 타 사상을 배격하는 이원론을 경계하고, 개방적인 여지를 남겨 두었기에 자기 사상을 튼튼히 하는 자양분이 되었다. 이러한 이문구의 유학사상은 「토정비결」의 저자로 알려진 이지함의 후손이라는, 그의 조부가 '조선의 마지막 유생'이라 말할 정도로 선비의 맥을 이은 반가의 후손으로서 가지는 자부심이 작용하였고 「매월당 김시습」과 「토정 이지함」에서 그 영향을 십분 발휘하였다고 볼 수 있다.

소설 「매월당 김시습」에서 김시습은 평생 길에서, 또 산에서 자신의 자유로운 영혼을 지키기 위해 떠돌며 생활한 만큼 그가 머물렀던 공간구조를 살펴보면 그의 삶의 여정의 의미를 찾게 되는 단서*를 찾게 된다. 방외인으로서 설악에서 백이숙제의 삶을 동경하는 주인공에게서 절개의식 내지는 의로움을 읽을 수 있다.

소설 「매월당 김시습」이 이문구의 창작물 중에서, 그의 문학의 길에서 후반기 성숙되고 인간 내면의 심도를 깊이 있게 인간성을 표현하여 작품의 심미성과 그에 따른 문학적 가치가 한층 덧보인다.

다. 결론

젊은 시절에 세조의 왕위 찬탈을 바라보며 울분과 좌절로 시련의 고행 길을 걷게 되는 김시습은, 전국을 돌아다니면서도 한곳에 오래도록 정착하지 못하고 시습(詩習)이라는 이름에 걸 맞는 유학의 도를 세상에 펼치지 못함에 많은 양의 불교서적과 철학서 등 엄청난 독서량으로 박학다식하여 천재적 사상가로 많은 저서를 남겼으며, 우리나라의 최초 한문소설인 「금오신화」를 창작하여 우리 문학사의 큰 족적으로 남아있다고 할 수 있다.

---

* 임금희, 이문구 소설 「매월당 김시습」연구, 한국현대문예비평협회, 〈한국문예비평연구〉 17권, 2005, 165쪽.

그는 유, 불, 선을 통합하여 당대의 모든 사상과 철학을 섭렵하니 그 누구에게도 뒤지지 않을 탁월한 학식을 갖추고 현실모순에 대한 비판과, 불의와의 타협을 거부하고 자신만의 독특한 생활로 백이숙제의 삶을 동경 하였지만, 그의 도도하고 불의와 불충을 인정 못하는 심성으로 자신은 더욱 고독하고 고통스럽게 하였을 것이다. 그러한 외로움이 문학으로 승화시키는 요인으로 작용하였다고 본다.

작가 이문구는 해방 후 집안의 좌익 활동으로 연좌제의 틀을 벗어나지 못하여, 주눅이 든 어린 시절이 평생 멍에가 되어 그를 고독하고 괴로움으로 남에게 말 못하는 외로움으로 그것을 탈피하는 방법으로 문학에 몰두하였다. 고향을 떠나 험난한 세상을 막노동으로 생계를 유지하면서, 친일에서 자유롭지 못한 스승에게서 수학을 하면서까지 그는 오로지 문학만이 살아갈 수 있는 길이라 생각하고 집념을 가진다.

그가 농촌에서의 경험을 자양분으로 근대화에 의해 붕괴되어 가는 농촌의 현실을 그리면서 초기의 단편으로 시작하여 연작 형태의 농민문학으로 이문구 특유의 기틀을 확고히 하였다. 자유실천문인협회를 발기하고 유신철폐운동을 예술인으로서, 문인으로서 그의 원초적인 동기에 의하면 정치적인 일에 간여함을 회피하여 왔으나 도의적인 책임감에 유신독재정권에 항거를 하는 일에도 참여하게 된다.

작가 이문구가 유학을 삶과 문학의 큰 젓줄로 의지*하였듯이 김시습 또한 유학을 바탕으로 인접사상들을 두루 섭렵하여 자기 사상을 확립하는 중요한 요소가 된다. 이는 작가 이문구가 주인공 김시습을 소재로 하여

---

* 강찬모, 국문학 김지하와 이문구 문학의 인물정신연구-사상과 문체를 중심으로, 한국국어교육학회, 〈새 국어교육〉 74권, 269쪽.

역사소설 「매월당 김시습」을 창작함에 있어서 작가와 주인공 사이에 600년 가까운 시대적인 간격이 존재하지만 삶의 고통과 번뇌는 시간을 초월하여 모든 인간에게 주어진 몫이라는 공통점을 갖고 있다. 작가가 주인공을 선정함에 있어서 주인공의 발자취를 찾아서 주인공의 내면에 숨겨져 있는 인간적인 면을 표현하고자 노력하였다.

근래에 노벨상 수상대상에 오른 고은, 황석영, 한말숙을 비롯한 작가들은 물론 작고한 김동리, 박경리, 이문구, 박완서, 최인호 뿐만 아니라 기라성 같은 현존하는 작가들도 노벨문학상을 받을만한 역량 있는 작가들이 많다고 생각*하였듯이 분명 작가 이문구는 우리 문학사에 커다란 지표가 되었음을 알 수 있다.

조선시대의 문인 김시습도, 현대를 살아온 작가 이문구도 생에서의 시련을 문학을 통하여 극복하고 자아와 가치실현을 추구하였음을 함께 볼 수 있고, 소설 「매월당 김시습」을 창작하는데 있어서 자연적으로 작가의 내재적인 고민과 번뇌가 작품 속 주인공에게 전해져 향토, 토속적인 틀과 사고가 작가를 대신하여 나타나고 있음을 알 수가 있다.

---

* 이덕화, 세계화 속의 한글문학, 숙명여자대학교 한국어문화연구소, 〈한국어와 문화〉 17권, 2015, 71쪽.

라. 참고문헌

1. 이문구, 관촌수필, 문학과 지성사, 1991.

2. 이문구, 매월당 김시습, 문이당, 2002.

3. 이문구, 우리동네, 민음사, 2005.

4. 이문구, 이문구의 문학동네 사람들, 랜덤하우스중앙, 2004.

5. 이문구, 토정 이지함, 랜덤하우스중앙, 2004.

6. 강찬모, 국문학 김지하와 이문구 문학의 인물정신연구-사상과 문체를 중심으로, 한국국어교육학회, 〈새 국어교육〉 74권, 2006.

7. 김인경, 1970년대 연작소설에 나타난 서사전략의 '양가성'연구-이문구, 조세희 중심으로-, 영남대학교 인문과학연구소, 〈인문연구〉 59권, 2010.

8. 김현철, 박선석과 이문구 소설에서의 상처치유 양상비교, 한국문학연구학회, 〈한국문학의 연구〉 59권, 2016.

9. 박영주, 매월당 김시습의 문학세계, 반교어문학회, 〈반교어문연구〉 12권, 2000.

10. 배경열, 부정적 근대화에 대한 저항으로서 이문구의 서사전략-「우리동네」중심으로, 경남대학교 인문과학연구소, 〈인문논총〉 26권, 2010.

11. 심경호, 김시습론, 한국한시학회, 〈한국한시작가연구〉 3권, 1998.

12. 이덕화, 세계화 속의 한글문학, 숙명여자대학교 한국어문화연구소, 〈한국어와 문화〉 17권, 2015.

13. 임금희, 이문구 소설 「매월당 김시습」연구, 한국현대문예비평협회, 〈한국문예비평연구〉 17권, 2005.

14. 임형택, 매월당의 문학의 성격-방외인 문학의 세계와 현실주의 정신,

성균관대학교 대동문화연구원, 〈대동문화연구〉 13권, 1979.

15. 장영우, 이문구 소설미학과 한국소설의 가능성, 한국문학 연구학회, 〈현대문학연구〉 39권, 2009.

16. 조성면, 풍수지리와 한국의 대중소설-유현종의 「사설 정감록」을 중심으로, 민족문학사학회, 민족문학사연구소, 〈민족문학사연구〉 48권, 2012.

17. 진영복, 현역중진작가 연구1;이문구론-인정(人情)의 세계에서 인정(認定)의 세계로, 한국문학연구학회, 〈현대문학의 연구〉 9권, 1997.

18. 한종만, 김시습의 불교적 생애와 법화경편찬, 충남대학교 유학연구소, 〈유학연구〉 3권, 1995.

2. 소설 「임꺽정」으로 본 토정 이지함 고찰

가. 들어가며

소설은 타 문학 장르보다 늦게 출발하였지만, 근대에 들어서면서 인쇄술의 발달로 민중들이 저렴하고 손쉽게 접할 수 있게 되자, 독자들의 폭발적인 사랑을 받으며 발전을 거듭해왔다.

소설의 기본적인 특징은 설화성, 즉 이야기를 일정한 산문형식으로 서술하는 것이다. 소설의 본질을 허구성으로 보고 황당무계하고 이상한 이야기로 간주되기도 하지만, 호메루스(Homeros)의 「오디세이」나 이규보의 「동명왕 편」을 보면 오랜 시간 구전되어 오던 전설이 소설로 바뀌어 이어지다가 역사의 진실로 밝혀지는 실마리를 제공하기도 하였다. 중국의 역사에서 위, 촉, 오가 다투며 진나라로 통일(220~280)되는 과정을 엮은 삼국지(三國志)는 진수(233~297)에 의해 기록되어 정사(正史)인 역사로 인정받지만, 원말 명초 나관중(14C)에 의해 지어진 삼국지연의(三國志演義)는 천년 세월을 뛰어넘어 진의 통일을 재조명한 소설임에도 불구하고 정사보다 더 민중들에게 영향을 끼쳤다.

역사소설은 시대적 배경이나 실존 인물이 작가의 손을 빌려 새로이 창작된 것이기 때문에 다소 실제의 역사와는 다를 수 있다. 그러나 역사소설의 창작은 실제 역사를 기본 바탕으로 하기에 작가는 많은 자료의 정보를 수집함을 필수로 한다. 그러한 내부 심사과정과 독자들의 엄정한 판단을 거치기에, 역사소설 속에 나타난 사실이 전혀 근거가 없이 창작되었다고 판단하는 것 또한, 섣부르게 단정할 수 없는 이유이기도 하다.

독자들은 실제적 사실들과 재미를 위한 허구를 구분할 수 있는 노력을 할 검증의 필요성도 여기에 있다.

토정 이지함 선생을 주인공으로 하는 대표적 소설에는 보령지역 출신의 문인인 명천 이문구 선생이 그의 선대이기도 한 토정 선생의 일대기와 토정집 해설을 엮어 1989년 창작한 「토정 이지함」이 『서울신문』을 통해 발표되기도 하였다.

여기서는 주로 벽초 홍명희 선생이 1928년부터 10여 년간에 걸쳐 조선일보에 연재한 역사소설 '임꺽정(林巨正)'에서 임꺽정과 토정 선생의 만남을 도출하였는데, 이를 바탕으로 토정 이지함의 인성과 사상을 재조명하여 고찰하기로 한다. 만남의 사실성은 작가의 창작에 의한 허구가 가미되었다 하더라도 그 시대적 상황과 토정 선생의 품성과 사상을 엿볼 수 있는 거울이 될 수 있다.

나. 소설 「임꺽정(林巨正)」

(1) 작가 벽초 홍명희의 생애

벽초 홍명희는 1888년 충북 음성에서 태어난 일제강점기의 소설가이며 독립운동가, 민족운동가로 활동하던 인물로 춘원 이광수, 육당 최남선과 함께 '일제강점기 조선의 3대 천재'로 불리던 동경 3 재(東京 三才)로 그들 셋은 죽마고우였다.*

해방 후 혼란의 격변기 속에 남북한 총선거가 불가능하게 되자, 그동안 반탁운동을 하며 통일 정부 수립을 위해 1948년 3월 김구, 조소앙, 김창숙, 조완구, 홍명희, 조성환 등 명망 있는 애국인사 7인은 공동성명으로

---

* 나무위키 -벽초 홍명희-

남한 단독선거에 대한 반대 의사를 표명하고,* 1948년 4월 김구는 김규식, 홍명희 등 좌우합작 지도자들과 함께 '38선을 베고 쓰러질망정 분단을 막겠다.'고 대거 북으로 갔다. 그러나 이미 북한 정권은 분단의 책임을 회피하는데 남북한 연석회의를 이용하려 들 뿐이었다.**

결국, 김구 일행은 남한으로 복귀하였지만 벽초 홍명희는 북에서 남아 활동을 하였는데, 대부분의 월북 인사들이 숙청을 당한 것에 비해 홍명희가 친일적인 활동을 하지 않았던 민족주의자였기에 김일성, 김정일 부자의 아낌을 받으며 예우를 받았다. 북한에서 내각 부수상을 역임하고 상임위원회 부위원장까지 지내다가 1968년 평양의 애국열사릉에 안장되었기에 남한에서는 1990년대까지 그를 논하는 것조차 금기시되었다. 김일성이 스탈린에게 남침을 허락받기 위해 모스크바를 방문할 때 홍명희와 함께하였으니 그도 한국전쟁의 책임에서 자유로울 수 없다고 남쪽에서는 바라보고 있기 때문이다.

벽초 홍명희가 1928년부터 10여 년에 걸쳐 조선일보에 대하역사소설 '임꺽정(林巨正)'을 발표하여 독자들에게 큰 반향을 일으켰는데, 이는 일제의 핍박과 사회 불평등 등에 의한 불안감을 타파하는 통쾌한 대리만족을 부여한 데 있다고 본다. '임꺽정(林巨正)'은 분단 이후 남한과 북한에서 각각 영화화되어 발표되기도 하였다.

한국 문단의 형성 중에 문인이 되려면 등단이라는 절차를 거치게 만든 것이 벽초 홍명희로부터 시작되었다고 하며, 그의 아들 홍기문은 조선왕조실록을 완역한 학자이며 북한 향가연구의 대가이다. 손자인 홍석중은 소설 「황진이」를 지었으며, 북한 작가로는 최초로 제19회 만해문학상(창작과 비평)으로 국내 문학상의 수상자로 선정되기도 하였으니 그의 가계

---

* 다시 쓰는 한국현대사1. 박세길, 돌베개, 2015, 138쪽.
** 한국근현대사. 최용범 이우형, 페이퍼로드, 2012, 363쪽.

는 대를 이어 문학적 소질을 보였다고 볼 수 있겠다.

벽초 홍명희가 조선일보 대하역사소설 '임꺽정(林巨正)'의 피장편과 양반편에서 토정을 끌어들인 데에는 분명 어떠한 근거에 의하여 적용하였으리라 믿고 그 내용을 살펴보고자 한다.

(2) 토정 이지함 선생과 의적 임꺽정

(가) 토정 이지함 선생과 의적 임꺽정의 만남

벽초 홍명희는 「임꺽정(林巨正)」의 피장편에서 토정과 임꺽정의 만남을 묘사하였다. 임꺽정이 스승인 갖바치* 선생과 함께 제주를 가는 길에 강진에서 두 번째 제주를 방문하는 토정을 만나 동행을 하게 된다. 이때 묘사된 토정의 특징적인 외관의 모습을 임꺽정의 입을 빌려 적나라하게 '신수는 점잖아 보이나 몸에 입은 의복이 추례하고 머리에 갓 대신 통노구를 썼다.'고 표현을 하였다. 토정의 외관은 삼베옷, 죽장, 통노구, 짚신으로 허름한 형태의 모습을 보이는데, 특히 통노구, 즉 쇠 갓은 토정의 사상을 말하는 특정의 물품이라 할 수 있다.

「걸렛감이 지난지도 한참인 행전 하며 대저울에 꿰맨 한짝에 닷 근도 넘어가게 큰 물퉁짚새기 하며 금방 건진 비짓자루처럼 묵중하게 등에 업힌 괴나리는 이따 하고 우선 육척 장신의 훤칠한 허우대에 깎아 맞춘듯한 얼굴만 보아도 보는 쪽이 도리어 갑갑하고 딱해 보이는 선비였다. 그러나 더욱 갑갑하고 별쭝맞은 것은 머리에 하고 있는 물건이었다. 갓인가 했더니 화덕에나 맞게 생긴 철물인데 쟁개비로 보기에는 벙거짓골이

---

* 갖바치; 지난날, 가죽신을 만드는 일을 업으로 삼던 사람. 동아 새 국어사전. 편집국, 두산동아, 2003.

노구솥과 비스름하고 노구솥을 뒤집어썼나 하고 보면 솥전을 빙둘러 펴서 테를 삼았으니 그럴싸 하기에는 거의 갓이요 그러고 보니 하릴없는 쇠 갓이었다.」*라고 이문구는 그의 선조인 토정을 소설화하면서 쇠 갓을 별쭝맞은 물건으로 표현을 하였지만,「지함이 입고 다닌 삼베옷과 패랭이, 죽장, 닥나무 걸방, 짚신이나 나막신은 행상들의 차림이었다. 처음에 양반들은 양반의 체통에 먹칠한다고 손가락질을 했으나 실질적인 백성 구제 사업에 대한 소문이 퍼지고 나서는 입을 다물었다. 지함은 행상들과 함께 다닐 때는 대나무 삿갓 대신에 주물로 만든 쇠 갓을 쓰고 다니다가 길가에서 밥을 지어 먹거나 생쌀을 씹어 먹었다. 그 유명한 쇠 갓이 지함을 상징하는 물건으로 떠오르는 데에는 이런 사정이 있었다. 당시 강나루나 길목에 있던 주막에서는 술 따위를 팔았지 밥을 팔지는 않았다. 행상을 다니면 밥을 굶기가 일쑤였다. 그런 사정 때문에 지함은 아예 쇠 갓을 쓰고 다니는 시범을 보이고 행상들에게도 권해서 행상들이 간단한 요기를 할 수 있도록 한 것이다. 또 밥을 해 먹기가 불편하면 음식을 익히거나 조리를 하지 않고 생식할 것을 권하고 자신도 생식을 했다. 그래서 생식이 몸에 좋다는 것도 널리 알렸다.」**는 이태복의 내용을 보면 그 시대에 별쭝맞은 기이한 행동들은 시대를 앞서간 선지자의 효용성을 직관할 수 있는 증거이다. 양반이라는 형식적인 유교적 가치관을 앞세우기 전에 삶의 진정한 가치는 모든 백성들이 굶지 않고 하늘을 우러러볼 수 있도록 제도하는 것이 진정 선비들이 할 일이라 생각하고 실천하려 한 의지의 표상이 토정의 쇠 갓이라 하겠다.

---

* 토정 이지함. 이문구, 랜덤하우스중앙, 2004, 10쪽 발췌.
** 조선의 슈퍼스타 토정 이지함, 이태복, 동녘, 2011, 142~144쪽.

「대사와 꺽정이가 월출산을 돌아보고 다시 남으로 내려오는 중에 동행한 사람을 만났는데, 그 사람이 신수는 점잖아 보이나 몸에 입은 의복이 추레하고 머리에 갓 대신 퉁노구*를 썼다. 그 사람도 강진으로 가는 모양이라 서로 앞서거니 뒤서거니 하며 얼마 동안 동행하던 끝에 꺽정이가 "여보, 머리에 쓴 것이 무어요?" 하고 물으니 그 사람이 "쇠 갓이다." 하고 대답은 하면서 묻는 사람을 거들떠보지도 아니하였다. "쇠 갓? 좀 구경합시다." "구경할 것 없다." "없긴 무에 없어?" 하고 꺽정이가 날쌔게 대들어 쇠 갓을 벗기니 "총각 놈이 버릇이 없구나." 하고 그 사람이 짚었던 지팡이를 들어 장난 조로 꺽정이의 볼기를 후려쳤다. 꺽정이가 껑청 뛰어 피하여 "나 좀 써봅시다." 하고 퉁노구를 머리에 얹고 거들거들 앞서가니 그 사람은 맨 상투 바람으로 따라오지 않을 수 없었다. "저 총각이 대사의 동행인가?" "그렇소이다." " 대사의 동행이 내 갓을 벗겨 갔으니까 대사의 굴갓**을 상투 가림으로 잠깐 빌려 쓰겠네." 하고 그 사람이 대사의 굴갓을 빼앗아 쓰니, 구경은 대사가 중대가리 바람이 되고 말았다. 장난 같은 일이 인사 대신이 되어 대사와 이는 그 사람과 서로 이야기하며 동행하게 되었다. 그 사람도 제주를 구경 가는 사람인데, 제주 길이 두 번 째라 제주의 산천경개와 인품 풍속을 소상히 이야기하였다.

꺽정이가 "제주를 그렇게 잘 아시면서 또 무엇 하러 가시나요?" 하고 물으니 "잘 아는 곳은 다시 가지 않는 법이냐? 너는 이웃 동리에도 두 번 가지 아니하겠구나." "제주와 이웃 동리가 같은가요?" "서해 건너편에 중원이 있고 동해 속에 왜국이 있고, 또 오랑캐 땅이 북편에 있는 것을 생각해보아라. 제주가 이웃 동리 폭이나 되겠나." 하고 그 사람이 꺽정이의 소견을 웃어서 꺽정이는 다시 말하지 못하였다. 날이 점심때가 된 때에 그 사람이 어느 냇가에 와 앉아서 머리에 썼던 퉁노구를 벗

---

* 퉁노구; 퉁으로 만든 작은 솥. 바닥이 평평하고 위아래가 엇비슷함. 동아 새 국어사전. 편집국, 두산동아, 2003.
** 굴갓; 지난날, 벼슬을 한 중이 쓰던 대갓. 동아 새 국어사전. 편집국, 두산동아, 2003.

어 돌로 괴어놓고 허리에 찼던 양식 전대에서 쌀을 꺼내어 밥을 안치하였다. 그 사람이 밥을 두 번 지어 대사와 꺽정이까지 요기시킨 뒤에 통노구의 안팎을 닦아 다시 머리에 쓰니 훌륭한 쇠 갓이라. 꺽정이가 "세상에 편리한 갓도 다 많고." 하고 빈정거리듯 말하니 "이놈!" 하고 그 사람은 꺽정이를 돌아보고 웃었다.

그 사람이 제주 왕래에 동행할 것을 허락하여 대사와 꺽정이는 그 사람을 따라가기로 작정 되었다. 세 사람이 강진에 와서 배를 잡아타고 완도로 나왔다. 제주에 다니는 어선 한 척을 얻은 뒤에 그 사람이 큰 두룽박* 네 개를 얻어다가 배 네 귀에 매어 달고 제주를 향하여 배를 띄었다. 제주 수로가 멀기도 하거니와 풍랑이 험하여 복선 되기 쉽건마는, 세 사람이 탄 배는 두룽박 까닭으로 복선 될 염려가 없었다. 배 속에서 몇 밤을 지내고 어느 날 아침에 조천관 포구에 배를 대게 되었다. 대사와 꺽정이가 제주에 내린 뒤에도 그 사람이 하자는 대로 따라 하였다. 그 사람이 대정을 간다면 따라가고 그 사람이 한라산에 오른다면 따라 올랐다. 제주 와서 달포 묵는 동안에 꺽정이의 마음에 드는 구경거리는 한라산 백록담보다도 생마 잡는 것이었다. 꺽정이가 말 타는 법을 지성스럽게 물어 배우고 또 계제만 있으면 말을 얻어 타고 달리어보았다.

대사와 꺽정이가 쇠 갓 동행과 함께 제주를 떠나서 강진으로 돌아왔다. 대사와 꺽정이는 장흥으로 작로 하려는데 그 동행은 해남 한뎀을 간다고 하여 달포 동행이 동서로 갈리게 되었다. 동행하는 동안에 성명을 말한 일이 없던 그 사람이 서로 작별을 할 때 "나는 이지함이란 사람이다." 하고 성명을 알리어주었다.

"이 씨가 이상한 사람이에요." "그 사람이 예사 선비가 아니다. 지모방략이 삼군의 대장이 될 만한 사람이다. 그러나 일평생 쓰이지 못할 것이다." "그 사람이 양반인 모양인데 어째서 쓰이지 못할까요?" "양반이라고 저마다 쓰이게 되나. 때를 못 만나면 할 수 없지." "때를 못 만나다니요? 양반이면 쥐새끼만 못한 것도 잘 쓰이는 때에 때를 못 만나면 다시 만날 때가 어디 있소?" "그 사람의 팔자도 있지."

---

* 두룽박; 뒤웅박의 방언. (뒤웅박; 쪼개지 아니하고 구멍만 뚫어 속을 파낸 박. 동아 새 국어사전. 편집국, 두산동아, 2003)

"팔자가 아니라 아마 양반이라도 사람이 쓸만하면 세상이 써 주지 않는 게지요."
"너의 말을 둘러 들으면 세상에 쓰이는 양반은 대개가 못 쓸 사람이겠구나.""대
개뿐 아니라 일개로 못 쓸 것들이라고 해도 좋지요.""무엇을 가지고 쓸 사람, 못
쓸 사람을 구별하는지 네 말도 모르겠다만, 이 씨 같은 인재가 쓰이지 못하고 그
대로 늙는 것은 아깝다고 하겠지."

"이 씨는 양반이니까 일평생 천대만 받고 늙는 인재와는 다르겠지요." 선생과 제
자가 이와 같은 문답을 하며 길을 걸었다.」*

임꺽정의 스승 갖바치는 초야에서 가죽신을 만들던 천민으로 학식이
뛰어나고 천문지리에도 밝았지만, 계층이 낮아 세상에 빛을 발하지 못하
고 사라진 인물이다. 일설에 의하면 화담과 교류하였다는 이야기도 있
는데, 제주 길에 토정과 만나 동행하면서도 화담의 제자인 토정을 알아
보지 못한 것으로 보아 검토가 필요하다. 화담 서경덕은 1489년(성종 20)
출생하여 1546년(명종 1)에 졸하였고, 토정은 1517년(중종 12) 출생하여
1578년(선조 11)에 졸하였다. 임꺽정의 생년이 확실하지 않고 1562년에
처형이 되었으니, 그의 스승 갖바치는 토정보다 좀 윗세대일 것으로 추
측된다. 경기도 양주에서 백정의 자식으로 태어난 임꺽정이 황해도 지역
의 관아를 습격하고 도성과 황해도 지역에 세를 키우던 시기가 1555년경
부터 1562년 사망 시점까지이므로 토정, 꺽정, 갖바치가 비슷한 시기에
인접 지역에서 처한 상황은 다르겠지만, 상층부 권력과는 다른 이상향을
각기 꿈꾸고 있었음을 알 수 있다.

"이 씨는 양반이니까 일평생 천대만 받고 늙는 인재와는 다르겠지요."
라는 갖바치와 꺽정의 대화에서 작가가 왜 임꺽정의 소설에서 토정을 끌
어들였는지 가늠할 수 있다. 양반이라도 정도(正道)에 의한 정관계 진출

* 임꺽정 -피장편-, 홍명희, 사계절출판사, 2016, 388~391쪽 발췌.

164

이 쉽지 않고, 당파의 혼란 속에 백성들을 살필 기회도 주어지지 않았으니 지식인으로서의 좌절을 맛보았을 것이다. 백정이며 천인인 꺽정이나 갖바치가 바라는 세상이 어쩌면 양반이라도 소외된 지식인들이 꿈꾸는 세상과 일치한다고 본 것이다.

(나) 송도 화담 선생 분묘 답사길에서

「토정비결」이라는 책자의 저자가 토정이라는 것에 대하여는 이견이 있다. 대체로 후대의 풍수가들이 천문에 밝았던 토정의 이름을 도용하여 작성한 것으로 규정하는 데 반하여, 「토정비결」은 주역에 바탕을 둔 상수학적 사고가 많이 반영되어 있고 이지함이 서경덕으로부터 상수학을 배운 것이 「토정비결」과의 연관성을 넓혀 주고 있기 때문이다. 또한 「토정비결」에는 이지함이 살았던 당시의 시대 상황과 관련된 괘와 이지함의 세계관이 잘 반영되어 있어 그 연관성*이 깊기에 직접 저작한 것으로 추정하기도 한다. 이처럼 토정이 삶을 관통하는 내면세계를 지향하며 미래를 예측할 수 있었던 것은 화담에게서 이어온 영향이라고 보여진다. 화담 서경덕 선생은 송도의 송악산자락에서 은거하며 당시 선비들이 사화로 참화를 당하는 것을 보면서 정계로 진출하는 것을 마다하고 만물의 기원이 기(氣)라는 기일원론(氣一元論)을 체계적으로 주창하며 조선의 성리학의 큰 철학을 남긴 인물로 그의 문하생으로는 박순, 허엽, 남언경, 이지함, 홍인우 등 많은 학자와 정치가들이 있다.

토정이 남명 조식을 처음 찾아본 것이 1558년 조식이 지리산에 머물고 있을 때였다. 조식이 16살이나 나이가 많지만, 토정은 나이를 초월하여 학문의 뜻을 같이하며 지속적으로 교우하였다. 이문구 소설 「토정 이지함」에서는 포천 현감직을 수용하는 데에도 조식의 조언이 작용하

---

* 이지함의 '애민사상'에 관한 연구. 조민자, 한국교원대학교 교육대학원, 2006, 2~3쪽.

였다고* 구성하였으나 포천 현감에 제수된 해가 1573년이고, 조식의 생몰 연도가 1572년이니 연대구성에 오류가 있었다고 본다.

「조 판관(조식)이 서울 와서 묵는 동안에 호반 남치근(南致勤)의 조카 남언경 (南彦經)의 집에 주인 하였는데, 주인과 손이 서로 대하여 앉았을 때 화담 주인 서 경덕의 이야기가 많이 났다. 조 판관은 서 처사와 친분이 있었던 터이고 남언경 은 서 처사에게 수업한 사람인 까닭이었다. 이때 서 처사는 죽은 지 벌써 육칠 년 이라 조 판관이 한번 그 무덤에나 다녀온다고 언경과 같이 송도를 가기로 언약하 였는데, 송도길을 떠날 때에는 언경 이외에 동행 두 사람이 더 있었다.

한 사람은 당대 이인 이지함이고 다른 한 사람은 정렴의 아우 정작이었다. 이지 함은 조 판관과 교분이 두터운 터이고 정작은 조 판관의 선성을 듣고 흠양하는 터이라 두 사람이 각각 조 판관이 서울에 온 것을 알고 선후하여 만나보러 왔다 가 송도 간다는 말을 듣고 서 처사와 상종이 있던 이지함은 두말없이 동행한다고 나서고 서 처사를 생전에 만나보지 못한 정작이는 여러 선생의 뒤를 따라서 송도 를 구경하고 온다고 쫓아 나서게 된 것이다. 네 사람 중에서 가장 연소한 정작이 도 공부가 숙성하여 『경사자집(經史子集)』에 능통하므로 네 사람의 이야기는 대 개 학문편 이야기가 많았으나 간간이 다른 이야기도 없지 아니하였다.

이지함은 죽으러 나가는 윤결을 작별한 뒤에 단양 땅에 가서 돌아다니었다고 도담귀담(島潭龜潭) 상중하 삼선암(三仙岩)의 경치를 이야기하였고, 정작이는 그 백씨가 부친 삼년상을 마치지 못하고 돌아갔는데 자기가 미리 죽을 것을 알고 사 세가(辭世歌)까지 지었다고 그 백씨가 예사 사람과 다른 것을 이야기하였다.」**

소설 임꺽정에서는 토정의 송도 화담 선생 분묘답사를 묘사하고 있는 대목에서, 조식과 남언경, 정작이 함께한다. 남언경(1528~1594)은 조선 시대 양명학의 사상적 체계를 완성한 학자로 양주목사, 여주 목사를 지 냈으며, 정작(1533~1603)은 사평을 지낸 인물로 포천 현감을 지낸 형 정

---

* 토정 이지함. 이문구, 랜덤하우스중앙, 2004, 123~130쪽 발췌.

**토정 이지함의 경제사상 연구. 박상명. 원광대학교 동양학 대학원, 2003. 16쪽.

렴과 함께 의술이 뛰어나 「동의보감」 편찬에 참여하였다. 이들은 율곡 이이, 우계 성혼, 중봉 조헌 등과 같이 토정의 사상에 영향을 받은 직접적인 후계자가 된다.

작가는 임꺽정의 스승인 갖바치의 도(道)가 화담 서경덕에게서 이어진 것을 부각하며, 토정 선생에게 못지않은 인물임을 나타내기 위해서 토정이 송도 화담 선생의 분묘답사 과정을 묘사한 것으로 보인다.

(다) 조식과 이지함의 대화

소설 '임꺽정(林巨正)'에서 토정의 이름을 빌려 조선의 시대적 상황을 펼친 대목이 양반전 편이 아닌가 한다. 연산군 폐위 이후 중종(1506~1544) 대에도 정계는 패당으로 싸우느라 혼란해지고, 인종(1544~1545)은 불과 재임 기간이 1년에 못 미친다. 그 후 명종(1545~1567) 대에도 정계는 안갯속을 헤어나질 못한다.

농장의 확대와 공납, 부역제의 동요로 말미암아 농민의 생활은 궁핍하였고, 각지에서 유민과 도적이 창궐하였다. 1559년(명종14)에 황해도에서 일어난 임꺽정의 난은 그 대표적인 것이었다. 그러나 이러한 변동은 어디까지나 당시의 사회경제적 발달을 반영한 것이었으니, 한편에서는 이와 같은 사회문제에 직면하여 훈구파의 특권적 비리 행위를 비판하는 가운데 사림의 세력이 성장하는* 계기가 되기도 한다. 그렇지만 훈구와 사림의 투쟁은 백성들의 생활고를 악화시켜 여기저기 도적들이 들끓고 지방관리들의 수탈이 끊이지 않게 되니 의식 있는 지식인들의 한탄은 극에 달하게 되었다.

16세기에는 정치에 참여하여 국정을 운영할 수 있는 능력을 지니고 있

---

* 토정 이지함의 경제사상 연구. 박상명. 원광대학교 동양학 대학원, 2003. 7쪽.

으면서도 당대를 난세로 인식하여 출사를 단념하고 초야에 은둔한 일군의 선비들이 다수 형성되었다. 특히 16세기 들어서자 발생한 네 차례에 걸친 사화의 여파는 많은 학자들을 지방에 은둔하게 하는 중요한 이유가 되었다. 이들은 隱士, 遺逸, 隱逸, 逸士, 逸民, 微士, 高士, 處士 등의 용어로 지칭되었으며, 이중 處士라는 칭호는 당대인들에게 자부심을 표하는 호칭으로 사용되었다.*라고 한바 토정 선생도 처사라는 지칭에 대하여 자부심을 가졌을 것이다. 혼란한 정치와 백성들의 궁핍함을 바라보면서 선비로서 어쩌지 못하는 자신이 답답하여 은둔한 사림의 학자들과 교류하면서 타개책을 고심했을 것이다.

소설에서 토정이 답답한 심정으로 조식을 찾아가 사랑방에서 등잔 심지를 돋우며 나랏일을 근심하고 쓴웃음으로 넘길 때, 제주도 답사길에 만났던 꺽정이 일행의 이야기가 전개되는데 작가 홍명희가 소설에서 토정을 끌어들인 이유가 확연해진다. 임꺽정을 의적으로 미화시키기 위해 조선 중기의 혼란한 시대적 상황 속에 주류에 포함되지 않는 비주류 속 민중들의 삶을 그려내는데 효과를 내고 있는 것이다.

「어느 날 달 밝은 밤에 조식이 혼자 칼을 안고 앞마루에 앉아서 슬피 노래를 부르는데 이때 마침 "남명 선생 기시오?" 하고 문밖에서 큰소리를 지르는 사람이 있었다. 남명은 조식의 아호이다. 남명이 칼을 놓고 일어서서 옷을 가다듬는 중에 그 사람은 벌써 마당 안에 들어섰다. 남명이 달빛 아래 걸어오는 얼굴을 바라보며 "형중이 아닌가? 이거 왠일인가?" 하고 뜰 아래로 쫓아 내려와 맞아 올린 사람은 곧 이지함이다. 두 사람이 각각 자리를 잡고 앉은 뒤에 "왠일인가?" "왠일이라니? 자네가 보고 싶어 찾아왔네." "토정이 갑갑하던 것일세, 그려." 하고 남명이 껄껄

---

*토정 이지함의 경제사상 연구. 박상명. 원광대학교 동양학 대학원. 2003. 16쪽.

웃었다. 이지함은 자기의 사는 집을 담 집으로 치고 그 지붕을 평평하게 하여 정자를 삼고 지내는 까닭으로 별호까지 토정으로 행세하는 터이라, "이 몸이 갑갑한들 어찌하나." 하고 토정은 별호를 빙자하여 집 말을 몸으로 대답하고 나서 역시 허허 웃었다.

 "자네가 내게로 바로 오는 길인가?" "아니 보은에 들렀었네." "보은에 들렀어? 건숙(建叔)이 잘 있든가?" 하고 남명이 묻는 사람은 보은 종곡에 사는 처사 성운(成運)이요, "자경(子敬)이도 나와서 며칠 동안 잘 놀다 왔네." 하고 토정이 말하는 사람은 현감으로 있던 성제원(成悌元)이니 성 처사와 성 현감은 모두 인품이 높아서 남명과도 서로 친한 터이다. "자네 말을 들으니 거문고 안은 건숙이와 술잔 잡은 자경이가 곧 눈앞에 보이는 것 같아." "그렇지 않아도 우리들이 자네 말을 많이 하였네." "속리산에 들어갔든가?" "나 혼자 한번 문장대에 올라갔었네." "요전에 나와 같이 갔을 때도 자네 혼자 올라가더니 또 올라갔단 말인가? 자네의 섭위(涉危: 위험을 무릅씀) 잘하는 것도 못 쓸 버릇이니." "쓸 버릇, 못 쓸 버릇 가르는 법은 나중에 듣기로 하고 지금 내가 시장하니 밥 좀 지어내 오라게." 하고 말하는 토정의 얼굴에는 시장한 모양이 보이었다. "내가 불민해서 미쳐 묻지 못하였네." "물어 무얼하나, 내가 말하는데." "그리할까?" 하고 남명이 한번 웃고 곧 하인을 불러서 밥을 지어내 오라고 안에 통기하였다. "좀 눕게." 하고 남명이 방에서 목침을 집어다가 권하니 "눕도록 피곤하지는 아니하니 걱정 말게." 하고 토정은 눕지 아니하였다. "서울에 있을 때 소위 선과 창방이란 것을 구경하였나?" "점잖은 사람이 누가 그걸 구경한단 말인가?" "보우는 문교(文敎)를 그르치니 국사는 말이 아니지." 하고 남명이 한숨을 쉬니 "보우가 국정까지 그르친다네. 대왕대비의 하시는 일이 모두 보우의 주장인 줄을 모르나? 보우 앞에서는 원형이도 어찌하지 못하는 모양이데." "신돈이가 또 하나 났군." "신돈이라니 생각나는 일이 있네. 십여 년 전에 한번 이장곤 이판서를 만난 일이 있는데, 그때 이판서의 말이 신돈 같은 중놈이 장차 나온다고 하고, 어찌 아십니까 하고 물으니까 자기가 선생같이 믿는 사람이 앞일을 능히 짐작하여 말하더라고 하더니 그 말이 맞았네그려." "미리 알았으나 미리 몰랐으나 그런 완승(頑僧; 완고하고 고집스런 스님)이 나기는 일반이라면 미리 아는 것이 소용 있나?" "하여튼지 말이 맞는 것이 신통하지." "지금 조정에는 이존오(李存吾; 신돈의 횡포를 탄핵하다가 왕의 노여움을 산 고려 공민왕 때 충신) 한 사람이 없단 말인가?" 하고 남명이 개탄함을 마지아니하는데 토정은 "양사 옥당과 육조 백관과 관학 유생 모두가 다 이존오시지." 하고 허허 웃고 "우리는 구전성명(苟全性命; 구차하게 목숨을 보전함)이나 하지 별수 있나. 나도 조카자식들을 데리고 시골 가서 숨어 살 작정일세." "언제는 우리가 세상에 나섰는가?" 하고 남명은 토정을 바라보며 입맛 쓴웃음을 웃었다.

  토정이 석반을 마친 뒤다. 밤이 들수록 달빛은 더욱 밝아 대낮 같으나 바람이 조금 선선하였다. "선선하거든 방으로 들어가세." "달이 아까우니 잘 때나 들어가지." "길이 삐쳤을 터인데 곤하지 아니한가?" "자경이와 같이 보름씩 잠 안 자고는 배기지 못하지만 설마 길이 좀 삐쳤다고 곤하겠나." 하고 토정이 말하는 것은 성현감의 일이니, 성현감이 어느 중을 데리고 잠안자기 내기하여, 그 중은 열사흘 만에 정신을 잃고 쓰러졌는데 성현감은 보름을 채우고도 평일과 별로 다름이 없이 기거 한 일이 있어서 그 정력의 절등한 것을 친구들 사이에서 칭도하는 터이었다. "자경이는 별사람이야." 하고 남명이 토정의 말 뒤를 이으니 토정은 별사람이란 말이 자기 뜻에 맞는 듯이 "참 그래. 별사람이야. 내가 연전에 자경이와 같이 뉘 집에 갔다가 광대소리를 듣게 되었는데, 광대가 소리를 시작해서 단가 한 곡조 다 하기도 전에 자경이가 그 광대를 돌려보내자고 주인더러 말하데그려. 우리야 까닭을 알 수 없었지. 그래서 왜 돌려보내라느냐고 묻지 않았겠나? 자경이 말이 이 소리가 상고(喪故)있는 사람인 것 같으니 소리 시키지 말고 돌려보내는 것이

좋겠다고 하데그려. 나중에 알아본즉 그 광대의 어미가 먼 곳에 있었는데, 그날 밤에 통부가 왔더라네. 자경이가 성음을 살필 줄 아는 것이 확실하지." 하고 한동안 앉았다가 "별사람이라니 생각나는 일이 있네." 하고 다른 이야기를 꺼냈었다.

"내가 둘쨋번 제주를 갈 때에 중 동행을 만났었는데 그 중이 별사람이야. 문식도 유여하거니와 의약복서와 천문지리를 모르는 것이 없데그려. 그 중이 지금 살았으면 나이 근 칠십 했을 것일세. 그 중이 상좌 같기도 하고, 상좌 같지 않기도 한 아이놈 하나를 데리었었는데 그 아이놈 역시 별사람이지. 한라산 올라갈 때 저의 선생을 등에 업고서 올라가는데 홀몸으로 가는 사람보다 더 빨리 올라가데. 저희의 말을 들으니까 백두산에도 그놈이 선생을 업고 올라갔었더라네." 하고 또 무슨 말을 하려다가 남명이 "장사일세그려." 하고 말하여 토정은 그 말을 따라서 "장사이고말고. 엄장도 예사 사람보다 크지만 무쇠로 만든 것 같은 두 팔뚝이 천 근의 힘이 들어 보이데." 하고 "그런데 그놈에게는 양반이 비각(비각: 물과 불처럼 상극이 되어 용납되지 아니하는 일)이야. 양반이라면 당초에 만나보기를 싫어하고 말끝에 양반의 말이 나가만 하면 함부로 욕설을 하는데 선생 되는 중이 항상 타일러 못하게 하더군." 하고 말을 달리 돌리었다. "불후무식한 상것들의 자식이 그러기가 쉽지." "백정의 자식이래. 내가 아까 이야기하려다 미처 못했지만 그놈이 이장곤 이판서의 처족이라는 말을 들은 법 해. 이판서를 만나면 한번 물어본다는 것이, 이것을 물어보려고 일부러 찾아갈 까닭은 없고 이내 못 물어보았어." "그러기가 쉽지. 이판서의 부인이 함경도 백정의 딸이라니까." "이판서는 작고한 지 오래지만 그 부인은 아직 살아 있겠지?" "아니, 이판서의 부인이 작년 가을에 죽었다지. 요전에 이판서집 이웃에 사는 일가 사람이 문인들과 이야기하는 것을 언뜻 들은 일이 있네." "백정의 딸 봉단이로서 일품명부가 되었던 유명한 부인이 작고했네 그려. 인물이 잘났었더라는걸." "인물이 났기에 천인의 딸로 정경부인까지 바쳤겠지. 치가(治家)범절도 무던했었더라네." 하고 두 사람이 번갈아 가며 이판서 부인의 말을 가지고 수작하던 끝에 남명이 "곤하지 않더라도 고만 방에 들어가 눕지." 하고 칼과 목침을 거두니 "아무리나 하세." 하고 토정이 몸을 일으켰다. 주인과 손이 앞서거니 뒤서거니 방으로 들어간 뒤에는 빈 마루에 달빛만 가득하였다.」*

(라) 소설 속 토정 이지함의 사상

그는 양반이면서도 벼슬에 관심을 두지 않고 상업에 종사하였던 최초의 양반 상인이었으며 신분에 귀천 없이 사람들과 어울리고 백성에 대한 사랑을 몸소 실천한 민중 지도자였다. 특히 그가 주장한 전통적인 본말관(本末觀) 극복의 경제사상은 당시의 시대적 문제를 해결하고 현실의 모순에 대해 비판하고 저항하는 노력이 있었으며, 평생 청렴결백한 삶을 살았던 당시 조선 사회에서 찾아보기 힘든 선각자였다.** 이곡, 이색을 조상으로 하는 명문가 양반의 후손으로 정계 진출을 포기한 것은, 을사사화로 친구 안병세(1518~1548)의 죽음을 곁에서 지켜보았고, 양재역 벽서사건에 토정의 장인이 연루되었다는 '청홍도사건'으로 과거에 참여하지 못하였다. 결국, 고향인 보령과 한양의 변두리 마포를 왕래하면서 서민들과 생활을 함께하는 처사(處士)로, 많은 지식인들과 교유하면서 전국을 유람하며 방외인의 삶을 살아간다. 혼란한 정치적 분쟁으로 생활고에 시달리는 백성들을 바라보며 어떻게 하면 백성들이 잘 살 수 있는지 항상 고민하였던 선지자였다.

포천 현감직을 사직하면서 조정에 올린 상소문이 영특한 제왕에 의해 백성들에게 반영될 수 있었다면 나라가 부강해지고 선조가 의주까지 피

---

* 임꺽정-양반편-, 홍명희, 사계출판사, 2016, 235~242쪽 발췌.
** 이지함의 '애민사상'에 관한 연구. 조민자, 한국교원대학교 교육대학원, 2006.

난 가는 임진왜란이나 인조가 삼전도에서 삼궤구고두례를 치르는 굴욕의 병자호란 같은 역사적 비극은 일어나지 않았을 것이다.

다. 나가며

나관중의 삼국지연의를 보면서 쾌감과 분노에 울고 웃는 민중들을 바라보며 혀를 치던 지식층들은 한숨 속에서 민중들의 헛된 사관을 비판해 왔지만, 삼국지연의는 지금도 새로운 문학 콘텐츠로 발전해 가고 있다. 더군다나 역사소설에서 정사를 새롭게 바라볼 수 있는 역기회가 생기기도 한다. 동양권의 많은 이들이 삼국지연의를 읽으면서 중국 역사에 대해 관심을 갖게 되었다는 사실에서 반면교사로 삼을 수 있다.

홍명희는 억압과 우울한 시대인 일제강점기에 조선일보에 소설 '임꺽정(林巨正)'을 연재하면서 독자들에게 큰 반향을 일으켰다. 아쉽게도 소설은 끝을 맺지 못하였고, 작가 또한 1948년 남북연석회의 참석차 북으로 올라간 뒤 북한 정권에 남아 있었기에 남쪽에서는 소설 '임꺽정(林巨正)'은 알고 있지만, 저자가 누군지 모르는 금기의 이름이 되었다.

그가 임꺽정이 활동하던 16세기 조선의 사회상을 엮어가기 위해 우리 지역의 인물 토정 이지함 선생을 작품 속에 끌어들여 피장편에 토정과 꺽정이의 만남을, 양반편에 조식과 토정의 대화를 첨가하였다. 몰락한 농민과 백정, 천인들을 모아 지배층의 수탈에 저항하는 임꺽정을 의적으로 미화시키며 그 시대 기층민의 삶을 적나라하게 그렸다.

토정 이지함은 천문에 밝았고 미래를 예측하는 술법도 꿰뚫고 있었으며 재주가 특출하고 기이한 것을 좋아하였다고 한다. 도적이 성행하는 것은 수령의 가렴주구 탓이며, 수령의 가렴주구는 재상이 청렴하지 못한 탓이라며 어진 수령이 될 것*을 말하였다.

1573년 포천 현감에 제수되어 식량부족에 허덕이던 백성을 구휼하고자 상소문을 올렸지만 뜻을 이루지 못하자 사직을 하였고, 1578년 아산 현감으로 제수되어 걸인청을 세우는 등 백성들의 구휼에 힘쓰다가 생을 마감한 토정 이지함의 실용적 가치는 16세기에서 17세기에 이르는 정인홍, 이익, 유몽민, 유형원, 박제가 등으로 이어지는 실학파에 큰 영향을 끼쳤다.

정선의 양반, 백령의 심청, 남원의 춘향, 장성의 홍길동 등 지역마다 소설 속의 주인공(실존 인물이란 의문은 상존하지만)을 테마로 하여 지역 콘텐츠로 지역문화 만들기에 자치단체들이 힘을 쏟고 있고 토정의 발자취가 남아 있는 서울 마포에는 도로명으로 토정을 사용하고, 아산에서는 도로명과 지역향교에 토정관을 건립하여 문화창달에 힘쓰고 있는 형편인데, 정작 이 지역의 출신 실존 인물이면서 조선 중기 사상사에 큰 영향을 끼친 토정 이지함의 백성을 위한 위민사상이 우리 지역에서 빛을 발하지 못하는 것이 현실이다.

이에 토정의 사상이 재조명되어 계승되려면 지역민들이 발 벗고 나서야 하는데, 토정의 사료를 모아 역사관을 만들어 홍보하거나 화암서원 앞이나 대천역 광장에 토정의 인물상이라도 세워 이곳이 토정의 사상이 발원된 곳임을 알릴 필요성도 시급하다고 보고, 벽초 홍명희가 소설 '임꺽정(林巨正)'에서 펼쳐낸 토정의 인물됨과 사상을 그의 책을 통하여 그려냈듯이, 토정의 위민사상을 주제로 한 작품들도 많이 창작되어 토정의 사상에 관심을 가지고 연구하려는 이들에게 초석이 되었으면 하는 바람으로 글을 맺는다. (보령문화 제32집, 사단법인 보령문화연구회, 2023, 기고 글)

---

* 《명종실록》 명종 14년(1558년) 3월 27일.

라. 참고자료

1) 조선 중기 제왕 제위 기간

순위	왕명	재임 시기	비고	순위	왕명	재임 시기	비고
제9대	성종	1469~1494		제13대	명종	1545~1567	
제10대	연산군	1494~1506		제14대	선조	1567~1608	
제11대	중종	1506~1544		제15대	광해군	1608~1623	
제12대	인종	1544~1545		제16대	인조	1623~1649	

2) 논문의 비교 인물 생몰년도

순위	이름	호	생몰년도	순위	이름	호	생몰년도
1	서경덕	화담	1489~1546	7	정작	군경	1533~1603
2	조식	남명	1501~1572	8	정인홍	내암	1536~1623
3	성제원	동주	1506~1559	9	유형원	반계	1622~1673
4	이지함	토정	1517~1578	10	이익	성호	1681~1763
5	임꺽정	(백정)	?~1562	11	박제가	초정	1750~1805
6	남언경	시보	1528~1594	12	갖바치	(천민)	?(토정+1세대)

마. 참고문헌

1. 토정 이지함(이문구 전집 7). 이문구, 랜덤하우스중앙, 2004.

2. 조선의 슈퍼스타 토정 이지함. 이태복, 동녘, 2011.

3. 임꺽정1~5편. 홍명희, 사계 출판사, 2016

4. 다시 쓰는 한국현대사1. 박세길, 돌베개, 2015.

5. 한국근현대사. 최용범 이우형, 페이퍼로드, 2012.

6. 이지함의 '애민사상'에 관한 연구. 조민자, 한국교원대학교 교육대학원, 2006.

7. 토정 이지함의 경제사상 연구. 박상명. 원광대학교 동양학 대학원, 2003.

8. 나무위키(namu. wiki) -벽초 홍명희-

9. 명종실록

3. 성주산문 무염국사 공부길 따라 떠난 답사 기행

가. 들어가며

보령문화원에서 매년 시행하던 '무염국사 공부길 따라 떠나는 답사(3차)'가 코로나 발생으로 4년간 중단되었다가, 팬데믹(Pandemic)이 풀린 올해 10월 11일(수)부터 5박 6일의 여정으로 진행을 이어가게 되었다.

무염(800~888)은 남북국시대 신라인으로 당나라에서 선종을 유학하고 귀국하여 허물어져 가는 백제의 오합사 터에 성주사를 중창하였으며, 구산선문 중 성주산문을 열어 제자들을 양성하였다. 그는 성주사지에 남아있는 고운 최치원 선생이 찬술한 국보 '대낭혜화상탑비'의 주인공으로 보령지역에서 활동한 위대한 인물 중 한 분이라 말할 수 있다.

무염은 무열왕의 9대손으로 진골에 해당되지만 아버지 대에 6두품으로 신분이 족강된다. 어려서부터 유교 경전을 공부하였으나 비루하게 여기고, 불교로 출가해 부석사에 들어가 석등대덕(釋燈大德)에게서 화엄을 공부하게 된다. 그러나 무염은 그것에 만족하지 않고 더 큰 세계로 나가기 위해 당으로의 유학을 결심하게 된다.

18세(818년) 때 영산강 하구에서 중국으로 향하는 사단(斜斷) 항로로 떠났다가 난파당하여 실패하고, 22세(822년) 때 당은포(현 남양만 추정)에서 신라 당국의 조정사로 출발하는 왕자 흔을 따라 횡단(橫斷) 항로를 이용하여 산동반도의 지부산(之罘山) 기슭에 무사히 도착한다. 이때부터 무염은 당나라의 곳곳을 다니며 학문과 보시행을 통한 수련의 시간을 보내게 되었다.

이후 당 무종의 폐불정책으로 강제추방이 되는 845년까지 23년간 당에서 젊음을 불태우며 남종선을 익히고 수련을 쌓은 무염의 발자취를 짧은 시간에 모두 살펴보기는 주마간산에 비유되겠지만, 1,200년 전에 무염이 남긴 발자국에 내 발자국이 얹어졌을 것이라고 생각하니 이번 답사의 의미가 더욱 깊어지는 답사였다.

첨부하여, 본 글에 사용된 인명 및 지명의 표기는 현지의 발음이 아닌 우리나라 한문 표기 방식을 사용하였으며, 글의 형식은 학술논문의 형식을 벗어나 기행문형식을 취하였기에 개인적 감성이 노출되어 이견이 있을 수 있다고 본다.

나. 답사 여정

(1) 제1일 차(10월 11일) ; 인천, 청도, 연태, 제남

인천에서 청도행 8시 출발 비행기를 타기 위해서 새벽 3시에 문화원 주차장에 보령문화원장을 비롯한 이번 답사참여회원 19명이 모였다. 이른 새벽이지만 반갑게 서로 인사를 나누고 간단한 문화원장의 안내 말씀을 청취한 뒤 모자란 잠을 청하면서 서해안 고속도로를 달린다.

인천공항에 도착하여 우리 답사단을 수행하며 안내할 여행업체의 담당자를 만나 수속절차를 마치는데도 시간이 빠듯한 듯 바쁘게 움직여야만 하였다. 공항은 평일 이른 아침임에도 불구하고 많은 여행 인파로 북적이며 활기를 불어놓고 흥분을 감추지 못하게 하는 마력을 지닌 장소로 다가온다.

중국 산동성의 청도는 인구가 천만 명을 웃돌고, 산동성 전체 인구가

1억이 넘는다고 하니 일개 성이 우리나라의 규모를 훌쩍 뛰어넘고도 남음이 있다. 인천에서 8시에 출발한 비행기가 1시간 40분이 걸려 청도공항에 도착했는데 8시 40분이다. 공연히 한 시간을 번 듯한 묘한 기분에 들떠 있었는데 까다로운 출입국 절차를 밟으면서 깨져버렸다.

공항에서 전용차량을 타고 연태로 이동하는 과정에서 차창 밖으로 보이는 풍경들에 눈을 뗄 수가 없었다. 우후죽순으로 세워지고 있는 고층 아파트와 공장들, 토지가 국가 소유라서 쉽게 건설될 수 있는지 넓고 직선으로 뻗은 도로, 끝없이 펼쳐진 옥수수밭과 밀밭, 그 사이에 높게 자라나는 미루나무 숲, 중국산 젓가락과 이쑤시개들이 저가로 국내에 들어오더니 우리나라 신작로 주변으로 자라던 미루나무를 볼 수 없었던 이유가 여기에 있었다. 맑은 날씨임에도 지평선이 뿌옇고 살수차가 수시로 도로를 청소하며 다닌다. 중국의 산업화가 진행되면서 오염물질들이 서해를 건너 우리에게도 영향을 준다고 생각하니 침울하다.

연태로 들어서면서 우리나라 산들과 비슷한 풍경의 밋밋한 능선을 가진 산들이 보인다. 산동성은 지리적으로 한반도와 가까워 환경마저 비슷한가 보다. 역사학자에 따라서는 백제의 22담로 중 중국대륙 일부를 경영한 바 있다고 하였고, 산동반도가 고구려의 유민들에 의해 경영(이정기의 제나라, 782)되었다고 하고, 장보고 등 신라인에 의해 신라방, 신라원, 신라소 등으로 중국 동부를 운영하였다고 하기도 한다. 그만큼 한반도와 산동반도는 순치와 같은 애욕의 관계로 이어졌을 것이다.

현지식으로 중식을 하고, 지부산록(之罘山麓)에 위치한 양주묘를 찾았다.

신라는 대당과의 교역에 의주를 경유하여 요동 반도를 이용한 육로 길과 육지를 끼고 운항하는 안전한 연안 항로를 이용하지 못한 것은 대치

관계에 들어선 발해국을 피하기 위해 험난한 경로를 이용할 수밖에 없었다. 횡단(橫斷) 항로로 지부산 기슭에 도착한 무염은 서해의 험난한 항로를 헤치며 중국 땅에 이른 것이 얼마나 기뻤으면 그곳에 모셔져 있는 해신(海神)에게 두 손을 가슴까지 올리는 토읍의 예를 행하였다고 '대낭혜화상탑비'에는 기록되어 있다.

유목민이었던 강족(羌族)의 강태공이 세운 제나라의 땅으로 예전부터 해신과 제지팔신(齊地八神)을 모시는 풍습이 이어져 온 산동성은 불교사원보다 도교 사원이 주를 이룬다. 무염이 무사히 건너옴을 감사하면서 이교(異敎)인 해신에게 경의를 올렸는지 거듭 이해가 된다. 무염이 지부산 기슭에 당도하고 해신에게 토읍한 곳이 어딘지 정확히는 알 수 없으나, 현재까지 해신을 모시는 도교 사원이 이곳 양주묘(陽主廟)이니 지부산 아래 이 부분이었을 것으로 추정하고 있다.

양주묘는 산기슭 아래 평편한 곳에 위치하며, 입구에 붉은 도포를 두른 해신상(해신사정(海神賜灯, 灯은 燈의 속자))이 서 있다. 측면에는 진시황릉의 병마용총이 모형으로 전시되어 있는데, 이는 진시황이 천하를 통일하고 이곳 지부산의 도교 사원에 들러 해신에게 예를 표했다는 사실을 전하는 전시물이었다. 우리나라는 대체로 사원이나 사당의 외문은 솟을대문의 3문으로 되어 있어 중앙에 난 문은 신이나 성인이 다니는 길이라 닫아 놓고, 좌우측 문을 이용하여 일반인들의 통행을 유도하는데 중국 땅에는 그런 개념이 없는가 보다. 도교 사원에서 도를 수행하는 수행자는 보이지 않고, 초췌하고 무심한 관리인인 듯한 사람만이 이따금 보인다. 사회주의 국가라서 그런가?

양주묘의 내문은 마당에서 2m 정도 높은 곳에 터를 잡고 있으며 도교사원의 전형적인 모습을 하고 있다. 사당 내 중앙에 모셔진 봉공해신랑

랑위지(奉供海神娘娘位之)는 해신이 여신임을 말해주며, 사당 측면으로 모셔진 제지팔신(齊地八神)의 형상은 좌우로 열 명의 지하 판사가 인간의 죄를 측정한다고 한다. 도교의 이해도가 적은 우리에게는 도교가 삶에 젖어 있는 중국인들을 알기엔 부족함이 많아 보인다. 밖으로 나와 해신상 앞에 합장으로 작별의 인사를 나누고, 무염이 험난한 항로를 통해 이곳에 도착한 지부항 부근을 찾아 일천 년 전에 무염이 미지의 땅을 바라보며 무엇을 구하려고 생각하였는지를 지부산 기슭을 바라보며 느껴 보았다.

양주묘와 지부항의 답사를 마치고 연태(남)역에서 고속열차를 타고 제남을 거쳐 태안으로 들어가야 다음 일정을 소화할 수 있기에 하루가 길게 느껴지는 일정이었다. 중국 고속열차의 역사는 우리나라의 역사와는 비교할 수 없이 거대한 건축물로 보인다. 중국이 자랑하는 일대일로의 환승 고리로 미래를 위한 투자인지 모르겠지만, 승객의 수에 비해 너무 과하다는 표현밖에 나오질 않는다. 시장경제를 받아들이기는 하였지만, 계획경제가 우선인 듯한 풍경이다. 한국은 역세권이라 하여 역사에 백화점이나 주요 편의시설들을 설치하고 사람을 끌어들여 상권을 조성하는데, 중국의 역사는 겨우 작은 마트뿐이다. 그것도 얼굴인식이나 신분증 인식을 통하여만 구매 가능토록 만들어 놓았다.
기차를 타는데도 여권과 얼굴인식, 그리고 물품검색까지 샅샅이 훑는다. 마치 범죄자를 찾는 양 검색하는데도 중국인들의 얼굴은 무심한 편이다. 화장실에 가도 '문명'이라는 표어가 어지럽게 붙어있던데 중국 당국이 빠른 시일 내에 자국민을 선진국민으로 만들려는 의도가 있는 것인지, 혹은 모든 국민을 손바닥 쳐다보듯 감시망에 가둬둘 요량인지 알 수가 없다.

(2) 제2일 차(10월 12일) ; 태안, 태산, 곡부

백제시대에도 영토 내의 높은 산을 오악(五岳)으로 정하고 하늘에 제를 지냈다는 기록이 있다. (백제사회사상사, 노종국, 지식산업사, 2010. 4) 그에 의하면, 북악(北岳)을 오서산으로 비정하고 있는데, 오산과 오서악은 '烏'자를 공유하고 있으며 백제의 수도 부여에서 보았을 때 모두 북쪽에 자리하고 있고, 오서악의 백제 당시의 이름은 오산이며, 오합사라는 절 이름도 오산과 연계되어 지어진 것으로 보았다. 중국의 중원도 다섯 개의 높은 산에 빗대어 북악을 항산(恒山), 동악에 태산(泰山), 중악에 숭산(崇山), 서악에 화산(華山), 남악에 형산(衡山)으로 정하고 황제가 직접 하늘에 제를 지냈다.

산동성 태안시는 지명이 같다는 이유로 충남 태안군과 1997년 4월에 자매결연을 맺어 다양한 교류를 통해 우호관계를 이어오고 있다. 시내에서 버스로 한두 시간을 벗어나면 중원의 동쪽 산인 태산에 이른다. 과거 72명의 군왕과 진시황, 전한의 무제, 후한의 광무제 등이 천하가 평정되었음을 하늘에 알리는 봉선제를 거행한 장소로 최고봉은 1535m의 옥황봉이고 1987년 유네스코 세계유산으로 등록되었다.

태산 입구에서 셔틀버스를 타고 산속으로 들어서는 길엔 가을이 깊어가는 길목에서 산촌 사람들이 가을걷이하느라 여념이 없는데, 그 넓은 중원의 땅에서 왜 비좁은 산골에 들어와 어렵게 농사를 지어야만 하는지 이해가 되지 않는다. 버스에 내려 케이블카를 타려고 줄을 서는데, 역명이 도화원객운참(桃花源客運站)이다. 무릉도원으로 들어가는 역이라는 뜻일까? 중국 기차역을 가도, 관광지를 가도, 호텔에 가도 어김없는 여권 확인과 안면인식의 절차가 무릉도원과는 거리가 멀다는 생각이 든다. 험

준한 산을 타고 건설된 케이블카에서 태산의 비경을 바라보니 탄성이 절로 나오는데, 건너편에 앉은 아주머니의 움찔거리는 모습에 웃음이 나온다.

케이블카에서 내려 천가(天街)라는 문을 들어서자 관광상품을 파는 상점과 사원 관련 건물들이 즐비한 거리가 나오는데 과연 하늘의 거리이다. 중국인들은 어떤 생각으로 이 높은 산꼭대기에 넓은 도로를 내고, 상점을 만들고, 사원을 존속시켰는지 이해가 되질 않는다. 시대적인 추세는 자연보호를 위해 기도처라든가 상점은 산 아래쪽으로 옮기고 최소한의 유적들은 기존의 상태에서 확장시키지 않고 보전하는 것이 옳은 일인 것 같은데, 최고봉에 설치된 기상대는 어쩔 수 없다고 하더라도 옥황봉 꼭대기에 세워진 옥황묘(玉皇廟) 사원은 아닌 것 같다.

공자가 태산에 올라 '태산에 오르니 천하가 작아 보이는구나.(孔子登東山而小魯 登泰山而小天下)'라고 포효한 바위에 걸터앉아 잠시 호연지기를 담아본다. 곳곳의 사원들엔 옥황상제, 관세음보살, 재신 등을 혼재하여 모셔지는 도교, 불교, 민속종교가 한 울타리 내에 상존하고 조화를 이루고 있으니, 이것도 중국만의 특색일 것 같다.

올라오면서 미처 살펴보지 못한 봉선제(封禪祭) 터를, 진시황을 비롯한 역대 중국 황제들은 어떻게 이곳까지 올라와 단을 만들고 하늘에 제사를 지냈나 하는 궁금증을 저녁에 투숙했던 호텔의 로비에 비치한 미니어처로 조금이나마 이해를 하게 되었다. 중국 여행객 중 한국인이 차지하는 비중이 높아졌을 터인데 한글 안내판이 없다는 것이 아쉽기만 하였다.

태산에서 하산하여 전용차량으로 약 한 시간 반 정도 이동하여 공자의 곡부에 도착하였다. 곡부는 춘추전국시대 노나라의 도읍지로 공자가 태어난 곳이며 제자들을 모아 가르치던 곳으로, 공묘(孔廟), 공림(孔林), 공부

(孔俯)로 크게 구분할 수 있다. 공묘는 공자가 거주하면서 제자들을 교육하였던 장소이며, 공림은 공자를 비롯한 공씨 가문들의 유택들로 조성된 공원이고, 공부는 공묘를 중심으로 공씨들이 모여 살던 집단 거류지이다.

공묘 주차장에서 차를 내려 입구로 들어서니 우측으로 성벽과 같이 높고 긴 담장이 이어지고, 좌측으로 상점들이 즐비한데 공자의 몇 대손이라는 간판이 눈에 자주 보인다. 상인들의 호객 소리가 성조 때문인지 귀에 거슬리게 들린다.

공묘(孔廟)는 입구에서 대성전을 향해 주 진입로가 길게 형성되어 있고, 좌우측으로 수목공원과 각종 전각 및 비각 등이 배치되어 있다. 입구부터 3개의 전각과 7개의 외삼문이 대성전까지 설치되어 마치 황제가 살던 궁궐과 같은 분위기를 조성하였다. 한(漢)나라를 위시한 각 왕조의 황제들이 공자를 추앙하는 것으로 백성들을 지배하기 위해 이 같은 건축물들을 앞다투면서 축조하였다고 한다.

공자의 영정을 모신 대성전(大成殿)은 대지에서 약 1.5m 정도 높은 위치에 조성해 중앙 계단을 이용해 올라가도록 하여 장엄한 웅장미를 갖추었다. 정면 1층은 9칸, 2층은 7칸의 금색 유리기와의 팔작지붕으로 편액은 푸른 바탕에 금색 글씨로 쓰였다. 정면 10개의 돌기둥은 여의주를 문 두 마리의 용이 살아있는 듯 꿈틀거리며, 금방이라도 지붕으로 오를 것 같은 착각을 일으킨다. 지붕과 기둥, 월대, 대문 등 용을 형상화한 조각품들이 곳곳에 배치되어 공자가 중국에서는 황제와 같은 반열에 위치한다는 것을 느끼게 한다.

대성전 뒤로 침전이 위치하는데, 특이하게도 공자의 부인 신위를 모셔져 있다. 공자가 부인과 일찍 이혼하게 된 이유가 일설에 의하면 악처였기 때문이었다는데 이처럼 사후에 어떻게 해서 대성전 뒤 넓은 공간을 차지할 수 있었는지 궁금하다. 중국의 어떤 황후도 따로 침전을 설치하여 신위로 모시는 전례가 없는 것으로 기억된다. 진시황은 천하를 통일하는 과정에서 정치적 결집을 위해 강력한 법가(法家)의 사상을 중시하면서, 유가 사상을 경시하고 심지어 유생들을 핍박하는 분서갱유(焚書坑儒)를 저지를 때에, 제자들과 후손들에 의해 유교 경전을 벽에 감춰 유가사상이 이어질 수 있게 한 노벽(魯壁)을 바라보며 한참이나 생각에 잠겼다. 근래에 발생되었던 문화대혁명 같은 일이 또다시 일어나지 않으리란 법도 중국에는 상존한다고 보이기 때문이다.

유교가 발생한 본토에서는 외삼문을 통과하는데 중앙 문으로 일반인이 무심하게 드나드는데, 우리나라의 사원과 향교는 절대 중앙 문을 사용할 수 없다. 공자나 선현들이 다닐 수 있는 공간으로 보기 때문이다. 이러한 소소한 차이점에서 중국에서는 유교 사상이 관광 상품화로만 홍보되는 게 아닌가 하는 상념과 우리에게 무의식 중 심어진 유교관이 어떤 역할을 하고 있는지 덧없는 상념으로 공묘(孔廟)를 주마간산으로 들러보았다.

공자(B.C551~B.C479)는 하, 은, 주나라의 왕조가 가장 백성들에게 이로운 정치를 하였다고 생각하고, 특히 주나라의 통치개념이 이상적이라고 생각하며 주나라의 예(禮)와 악(樂)을 바탕으로 제자들을 가르치며 정치 실현을 추구하였다.

주나라가 쇠망의 길로 접어들고 대륙은 혼란에 휩싸이면서 군웅할거하던 춘추전국시대에 접어든다. 그 와중에 지식인들은 어떤 정치가 왕에게 혹은 백성들에게 이로울지를 연구하게 되면서 각자의 논리를 주장하기도 하였다.

진시황의 분서갱유가 한동안 유가(儒家)의 침체를 가져왔지만, 그 후 당나라와 명, 청을 거치면서 흥망성쇠(興亡盛衰)의 부침을 거치면서 동아시아 전역에 영향을 미치게 되었다.

중국에서는 묘역의 규모에 의해 황제의 묘인 릉(陵), 백성의 묘인 묘(墓), 그리고 황제에 버금가는 묘에 림(林)을 붙여준다. 림(林)을 붙여주는 곳은 두 곳인데 관우와 공자의 묘에 해당된다. 그래서 공자의 무덤을 공림(孔林)이라 불려진다.

공림은 70만 평 규모의 땅으로 공자의 후손들이 지금도 세계 곳곳에서 여기에 묻히길 원하면 묘를 조성할 수 있다고 한다. 워낙 묘지가 넓어 전동차로 한 바퀴 돌고 나서야 공자가 묻힌 자리에 올 수 있었다.

중국의 장묘문화는 우리나라와는 달라서 무덤을 집과 같이 조성하기도 하고, 분묘에 나무가 자라도 내버려 두는 것 같았다. 전혀 돌보지 않은 형태의 무덤들이 산재하여 무덤도 공원도 아닌 좀 어수선하고 스산한 느낌이 든다.

공자의 묘인 대성지성문선왕묘(大成之聖文宣王墓)는 그다지 크지 않은 봉분으로 잡초가 무성하고 제법 큰 나무들도 뿌리를 무덤에 내리고 있었다. 봉분 앞 제단과 비는 대리석으로 만들어져 있고, 제단 바로 뒤 가까이에 비석이 세워졌는데 비문의 하단부가 보이지 않는다. 가이드의 말로는 황제가 분향을 하려고 방문하였을 때 왕(王)자가 보이지 않게 하려고 기교를 부린 것이란다. 하얀 대리석 몸통에 금빛 비문이 아름답게 느껴진다.

제자 자공이 6년간 시묘살이를 한 거처와 아들 공리의 묘가 공자를 향상 보필하듯 주변에 있다. 공자의 사상이 2,500여 년을 이어오면서 한반도의 한민족들에게 면면히 이어짐을 대단한 업적으로 다가온다.

(3) 제3일 차(10월 13일) ; 등봉, 낙양

신라가 한반도를 통합한 이후 불교계는 원효와 의상대사로 대표되는 교종이 왕족과 권력층에 의해 보호를 받으며 발전을 해왔다. 교종(敎宗)은 법상종, 화엄종, 삼론종 등으로 나뉠 수 있는데 형식과 교리, 경전을 중시하는 종파이다. 한편 선종(禪宗)은 교리, 경전 보다 구체적인 실천 수행을 통해 깨달음을 얻는다는 것을 중시하는 종파로 신라의 후기인 9세기에 당나라에 유학 다녀온 구법승려들에 의해 호족들의 지원을 받으면서, 어려운 경전을 해독하지 못하는 백성들이 쉽게 다가와 융성해진 종파이다.

중원의 오악(五岳) 중 중악(中岳)에 해당하는 숭산(崇山)의 자락에 둥지를 튼 소림사는 북위 시대에 세워진 절로, 527년 달마대사가 주지로 부임하면서 수년간 면벽 수행으로 깨달음을 얻어 선종의 초조(初祖)가 되었다. 면벽 수행을 하느라 건강에 이상이 생기는 수행자들이 많아지자 달마는 동물의 움직임을 보면서 무술을 만들어내 승려들에게 가르치게 된 것이 소림무술의 기원이 되었다고 한다. 이세민이 당나라를 세울 때 소림사 승려들의 도움을 받았기에, 소림파 승려에게 살생계를 풀고 육식과 음주를 당 태종이 허용하였다고 한다.

소림사 입구에서 전동차를 타고, 우선 탑림으로 올라가 답사하고 걸어 내려오면서 소림사를 방문하기로 하였다. 탑림(塔林)은 승탑이 너무 많아 숲을 이뤘다고 하여 붙여진 이름인데, 승탑은 스님의 사리를 묻은 부도를 말한다. 우리나라의 부도가 대부분 돌로 만든 항아리형인데, 이곳은 거의 벽돌을 쌓아 만든 전탑으로 구성되어 있다.

한글로 소개된 안내판이 경내에 비치되어 있어 이해하는 데 유용하였다. 탑림의 부지면적이 14,000여 ㎡이며, 당에서 청에 이르기까지 모두 248개의 불탑이 남아있다고 한다. 길가에 쓰레기통엔 한글로 '푸시'라고 표기되었는데 영어는 'Push'라고 쓰여있다. 뚜껑을 밀고 쓰레기를 담으라는 뜻인데, 한역을 한 사람도, 이를 본 한국인도 누구 한 명 이의를 제기한 사람이 없었다는 말인지 한글이 외국에 나와 개고생 하는 모습을 보게 되었다.

개울을 따라 조금 내려오니 향나무가 무성한 절 입구가 나온다. 절 입구가 일주문이 아니라 기묘한 석상이 지키는 전각으로 되어있는데 경내로 들어서기가 무섭게 진한 향내가 코를 찌른다. 가사를 입은 승려가 몇 분 보이는데 이렇게 큰 절에 목탁 소리와 경 읽는 소리가 들리지 않아 도교 사원이 아닌가 생각이 들기도 하였다. 향에 불을 피우고 기도하는 모습이 도교 사원에서 보았던 모습과 똑같다. 대웅전에 들어가 삼존불께 예를 표하려 하니 마룻바닥이 아니라 작은 방석만 깔려 있어 엉거주춤하게 삼배를 드렸다. 내 생전에 위안화로 불전함에 투입해 보는 시주를 하는 자리였다.

문화혁명 당시 폐허가 되다시피 했던 소림사가 복원되고 활력을 찾게된 것이 근래의 일이다. 경내에 무술을 가르치는 학교가 세워지고, 무술영화가 만들어지고, 관광객들이 모이면서 부흥을 하고 있다. 그러나 종교를 인정하지 않는 사회주의 국가에서 정권을 거머쥔 권력자들이 어디까지 허용할 것이며, 국민은 어디까지 요구할 것인지 자못 궁금함을 느끼며 무술학교 운동장에서 장난스럽게 쿵후를 연습하는 학생들을 바라보고 낙양의 용문 석굴로 향하였다.

도도히 흐르는 이허(伊河)의 물줄기는 천년세월을 어제와 오늘로 이어

주는데, 정을 쪼던 장인들과 석굴 속에서 밤낮없이 진리를 구하던 구도자들, 그리고 축원을 위해 몰려들던 민중들의 기원이 모두 이뤄졌을까?

이허의 강물을 사이에 두고 서쪽의 용문산 기슭과 동쪽의 향산 기슭에 위진남북조에서부터 당나라에 걸쳐 암벽에 석굴 사원을 조성하는 사업을 국가적으로 크게 지원을 하였다고 한다. 북위의 효문제가 낙양으로 도읍을 정한 이후(493년)부터 조성된 이곳의 석굴은 무려 2,300여 개, 불상은 10만여 개에 달한다. 석굴은 북위 시절에 3분의 1 가량이 설치되고 나머지 대부분은 당나라 시절에 조성되었다고 하는데, 최근에 어느 학자에 의해 신라인이 조성한 것으로 보이는 석굴 '신라상감(新羅像龕)'을 찾았다고 한다. 늦은 시간이라 답사하지 못하여 아쉽기만 하였다. 가이드의 말에 의하면 백제인이 조성한 석굴도 있는 것으로 알려졌다는데, 그만큼 많은 한반도인이 이곳에 들렀음을 알 수 있겠다.

광활한 대륙의 중원은 자원이 풍부하여 이민족들에 의한 침탈의 중심지였는데, 그 중원은 모든 문화를 받아들여 녹여내는 용광로였다. 한반도를 경영하던 백제와 신라, 그리고 통일신라, 만주벌판을 경영하던 고구려와 발해의 지식인들이 이 땅을 찾아와 법을 구하고, 부를 축적하며 문물과 문명을 받아들였을 것이다.

무염이 지상사에서 화엄을 다시 공부하면서 이미 본국에서 화엄을 공부한 탓에 실망을 안고 불광여만(佛光如滿)을 찾아와 본격적인 선을 수행한 곳이 향산사(香山寺)였다. 여만을 찾은 무염은 열심히 선을 하였고, 여만은 '중국에서 선이 그치면 동이에서 그 맥을 찾아야 할 것이다.'라며 제자에게 극찬을 아끼지 않았다.

향산사는 이하(伊河)가 굽어 보이는 향산의 중턱에 위치하여 풍광이 아름다운데, 소림사에 기거하던 달마대사를 찾아와 몇 날이나 제자 되기를 간청하였지만 허락하지 않자 왼팔을 잘라 하얀 눈밭이 붉은색으로 변하게 하는 기적을 일으켜 제자가 된 혜가(慧可)대사가 신광이라는 법명으로 출가한 이야기가 전해지며, 측천무후가 낙양에서 황제로 등극하여 이곳을 자주 찾아와 군신들에게 시를 짓게 한 이야기도 전해진다.

백거이(白居易, 772~846)가 829년에 낙양에서 이곳으로 옮겨 살다가 퇴락한 향산사를 중건하여 친구인 여만선사(如滿禪師)를 주지가 되도록 돕고, 여생을 이곳에서 시를 지으며 유유자적한 문필활동을 하였다고 한다.

무염이 822년에 입당을 하여 845년 당 무종의 폐불정책(회창의 법난)으로 승려들을 본국으로 추방할 때까지의 활동무대가 향산사일 것으로 생각된다. 23세의 젊은 나이에 입당하여 45세 중년의 나이가 되도록 대륙을 순회하였을 것이니 '대낭혜화상탑비'에 기록되지 않은 일대기가 얼마나 많을 것인가? 용문 석굴의 어느 한 곳에서 면벽 수행을 하였을 것이고, 가까이 달마대사가 기거하며 선종을 발원한 소림사에 들러 법도를 구하려 하였을 것이며, 곳곳의 명산을 찾아 기도를 드렸을 것이다.

백거이가 지은 당현종과 양귀비의 사랑을 노래한 장한가(長恨歌)가 이허의 물줄기 따라 무상하게 흐르는데 건너편 용문 석굴엔 불빛이 환하여 관광객들의 발길을 멈추게 한다. 무염이 달마대사의 계통을 이어 여만선사로부터 수행한 향산사는 늦은 시각으로 답사하지 못하고 먼발치에서 무염의 발자취 흔적만 엿보고, 지나치는 아쉬움만 남기고 낙양에서 화산으로 가는 고속열차에 몸을 싣는다.

 (4) 제4일 차(10월 14일) ; 화산, 영제, 서안

 중원에 우뚝 솟은 화산(華山)은 서악(西岳)으로 꼽히며, 평원에 마치

연꽃 봉우리처럼 아름답게 펼쳐져 있다고 이름 붙여진 명산이다. 산 아래 주차장에서 공원관리소 측이 제공하는 셔틀버스를 타고 케이블카 타는 곳까지 가는 길이 여간 험난한 게 아니다. 금방이라도 바위덩어리가 굴러 떨어질 것 같고, 버스 바퀴 한쪽이 벼랑 쪽으로 빠질 것 같은 걱정이 앞서는데도 운전사는 내려오는 차들과 아슬아슬하게 교행 하면서 잘도 달린다. 7~80년대 강원도 운전사들과 실력이 비슷할 것이라 생각하며 좌석에 설치된 안전띠를 다시금 확인하게 되었다.

셔틀버스에 내려서도 한참이나 여러 계단을 헉헉거리며 올라가야 정거장이 있는데, 중국인들의 상술이 세계적이라더니 관광객의 동선을 상점들 사이사이로 연결시켜 놓아 걸어야 할 발걸음 수를 늘려놓는다.

케이블카를 타고 조금 오르니 발아래는 까마득해진다. 뒤를 보면 기암괴석들이 즐비하게 서 있고, 앞을 보면 올라가야 할 길이 멀어만 보인다. 좌우측으로 펼쳐지는 풍경은 한 폭의 풍경화로 눈을 떼지 못하게 하는 묘미를 맛보게 한다. 다 올라왔나 싶었는데 다시 계곡을 향해 급강하를 하고, 건너편 절벽으로 일행을 끌어들여 부딪칠 것 같은 두려움을 준다.

중국의 건설 기술력이 저급하면서 급속신장하다 보니 다리 붕괴나 고속철로 붕괴, 고층건물 붕괴 등의 좋지 않은 소식을 미디어에서 많이 접했는데, 그들의 고속철을 타보고, 케이블카를 타보면서 그들의 기술력도 이젠 우리 못지않게 신장되었음을 인정하게 된다.

암벽에 뚫린 조그만 구멍 속으로 케이블카를 빨아들여 일행을 내려놓으니 미래의 세계로 들어선 듯한 기분이 든다. 반대편으로 나오니 사원과 상점들이 있는 공간이 이어지고, 서봉으로 오르는 등산로에는 관광객들로 빼곡하다.

바위에 석각들이 이곳저곳에 새겨져 있는데, 수많은 세월 동안 수많은 인물들이 이곳을 다녀가면서, 무엇인가 후세에게 전하고 싶은 말을 적어 놓았을 터인데 눈에 들어오질 않는다. 화산서봉인 연화봉(蓮花峰)은 해발 2086.6m로 인증사진을 찍으려는 사람들로 북적이기에 한편으로 비켜서 서 천하를 둘러보니 가슴이 터질 것 같다.

무염도 이곳 정상에 올라 고국 신라의 무엇을 위해 기도를 했을까?

나는 케이블카를 타고 몇 분 만에 정상을 밟았지만, 케이블카에서 보았 던 골짜기와 능선을 따라 실낱같은 등산로를 헤매며, 몇 날 몇 밤을 새우 며 올라와 그의 이상향을 찾았을까?

보령의 향토학자들은 무염의 스승인 마곡보철을 마곡사에 머무는 보철 스님일 것이라는 가정하에 중국 최초의 선종 사찰이라는 마곡사를 찾았 다고 한다. 하지만 마곡사라는 절은 찾지 못하였고, 현재 설화산의 옛 이 름이 마곡산이라 불리었으며, 그곳에 마곡사라는 이름과 비슷한 만고사 (萬古寺)가 있고, 만고사의 일주문에는 '중원제일선림(中原第一禪林)'이라 는 현판이 붙어있기에 이곳을 무염이 선종 10조의 심인을 받은 마곡사이 거나, 마곡사가 훼철된 후 근처에 세워진 사찰일 것으로 추정하고 있다.

현재의 만고사가 창건된 연대는 854년(당대중 11년)으로 기록되어 있기 에 무염이 귀국한 이후의 일이라서 확실하게 무염이 이곳을 거쳐 간 것인 지 의문이 들지만, 다보불탑(多寶佛塔)의 안내판을 보면 다보불탑이 처음 세워진 것이 북위 정광 3년(522년)으로 기록되어 있고, 명나라 대(1556년) 에 대지진으로 무너진 탑을 묘봉 스님이 중수하였다고 기록되어 있으니 무염이 이 전탑을 돌며 기도를 하였을 것은 충분히 가능하다고 본다.

만고사(萬古寺)는 산서성 영제시 설화산에 있는 절이다. 동관을 지나 황 하를 건너면 설화산 기슭 아래 좁은 마을길을 지나가자 풀숲으로 뒤엉킨

일주문이 보인다. 오래도록 신도들이 찾지 않았는지 한적하기만 한데, 오늘은 음력으로 그믐날이라 근동의 신자들이 기도하러 온 차량이 이따금 보인다. 중국에서 가장 조용한 절이라더니 스님들은 보이지 않고 관리인들과 보수공사 중인 장비들만 오고간다. 사찰 뒤쪽에 위치한 무량전을 휘장을 치고 공사 중이었다.

우리나라의 전형적인 가람 배치형식이 아니어서 어색하기만 한데 초입 관음보전 좌우로 종루와 고루가 배치되어 있다. 종루에는 커다란 종이 걸려 있는데 종을 매달은 용뉴는 두 마리의 용이 조각되어 있고, 종의 표면에는 시주자들의 이름이 새겨져 있다. 우리나라 종과는 달리 바닥에 움푹 파인 울림통이 없어 종소리가 다를 것 같은데 종소리를 내지 못하도록 타종 도구를 묶어 놓았다. 고루에는 아쉽게도 북이 걸려있지 않았다.

여성스러운 관음보살을 모신 관음전을 지나 수륙전(水陆殿)에 들어서니 부처님의 열반을 형상화한 와불이 있었다. 신장이 15m라고 하고, 전당 내에 33존불이 벽면을 채워 부조로 조성되어 있다. 굉장한 규모인데 대부분 부처상은 점토로 만들어 채색을 하였다. 수륙전 앞으로 거대한 전탑이 세워져 있는데, 절에서는 탑은 부처님의 사리를 모시고 부처님의 말씀을 모시는 가장 중요한 장소이기 때문이다.

우리나라의 탑이 대부분 석탑으로 조성된 데 반해 중국의 탑은 벽돌로 만든 전탑으로 되어있다. 중국의 성이나 집들이 대부분 조적식(벽돌식) 구조인 것을 보면 재료의 구입이 용이하고, 시공의 편리성 때문인가 보다. 우리나라에는 전탑이 여주와 안동 부근에 일부 남아있지만 흔하지 않다.

후원에 세워진 다보불탑(多寶佛塔)은 전탑으로 세워진 13층의 탑으로 웅장하기 그지없다. 다보불에는 4가지 보물이 내장되어 있었다고 하는데 옥불, 사리, 금판심경, 옥함이라고 한다. 다보불 맨 꼭대기엔 푸르름을 자랑하는 초목이 언뜻 보이기도 하는데 일제가 침략했을 당시 포탄을 맞아 일부 파손된 곳에 뿌리를 내리고 생명력을 이어가고 있었다. 그래도 격변기 문화혁명 시절 전탑이 파손되지 않았음을 다행으로 생각해야 할 것 같다.

무량수전은 아미타불을 모시는 곳이며, 무량전은 부처님과 아미타불을 모시는 곳이라 한다. 이곳 무량전은 천정의 구조가 격자 틀이 없어 무량전이라고 불린다는 가이드의 설명이 진정 그 뜻은 아닌 것 같다. 만고사의 깊숙한 곳에 위치한 무량전은 보수공사 중이어서 들어가 보지 못하고 나오는 길 경내에 붙어있는 도교 사원에 들렀다.

불교가 인도를 떠나 티베트로, 그리고 중국으로 이동하면서 당나라 시대에 화려한 꽃을 피웠지만, 당나라 후반기 훼철을 당하면서 몰락의 위기를 맞이하고, 아직도 그 부흥기를 다시 맞이하지 못하는 것도 사회주의 제도 때문인가 생각해 보지만, 도교의 융성에 비교해 보면 그것도 아닌 것 같다.

무염이 선종을 익히기 위해 대륙에서 23년간 선종의 대가들을 찾아 수도를 행하였던 곳. 그곳을 찾아 떠난 길에 만고사의 담장 위에 덮인 기왓장들이 한 마리 기다란 용이 되어 하늘로 승천하는 모습인 양 꿈틀거린다.

(5) 제5일 차(10월 15일) ; 서안, 지상사, 회민거리

고조선이 멸망하던 시기보다 이른 시기인, 기원전 221년에 진시황은 천하를 통일하고 시황제(始皇帝)라 칭하였다. 시황제는 군현제 실시, 진문자로 통일, 만리장성 개축, 아방궁 건설 등으로 강력한 법치를 시행하여 영원한 제국을 세우고 불사의 꿈을 실현하려 하였다. 하지만, 진시황도 한 줌의 흙으로 돌아가고 진나라도 얼마 되지 않아 역사 속으로 사라진다.

1974년 이곳에 살던 농부가 우물을 파다가 이상한 점토 파편을 발견하게 되면서 2,200년 전에 묻힌 진시황릉의 실체를 세상에 알려지는 계기가 되었다. 병마용갱의 부지는 상당히 넓게 조성되어 있는데, 이는 당국에서 유물의 발굴지가 어디까지인지 불확실하기에 최대한 부지를 넓게 확보하고 보존하기 위함이란다. 이 지역 어디든 삽으로 땅을 파면 유물이 나온다고 말들 하니 그럴 만도 하다.

불로장생을 꿈꾸던 시황제가 죽어서도 살아서의 영광을 이어가기 위해 만든 병마용갱은 진시황릉에 딸린 180여 개의 부장 갱으로 이루어져 있다. 병마용갱에서 지금까지 발굴된 병마용은 실제 사람처럼 키가 비슷하고 현실주의에 걸맞게 흙으로 빚어 굽고 채색하여 살아 숨 쉬는 것 같은 걸작품이다.

가장 먼저 발굴한 1호 갱에는 약 6,000점의 병마용이 있는 것으로 추정되는데, 복원을 마친 1,050여 점은 발견 당시의 대형으로 전시되어 있어 마치 영화 '인디애나 존스'에서 나오는 진나라 군대의 출현을 상상하게 한다.

1976년에 발견된 2호와 3호의 갱은 지금도 발굴이 진행형임을 알리는 듯 고고학자들의 작업이 한창이다. 2전시관에는 발굴된 토용들이 유리벽 내에 전시되어 있는데, 활을 쏘는 토용의 동작이 마치 살아 움직이는 듯하고, 무술의 기본자세를 취한 토용은 다음 자세로 이어갈 것 같은 착각에 빠지게 한다. 한 마리 말을 끌고 가는 마부의 다소곳한 모습은 얼굴에 평온함이 배어 있다. 수많은 시간을 어둠 속에서 보냈기 때문에 채색이 완전히 바래버렸지만, 병마용총을 건설하던 당시 진나라 시대에는 얼마나 아름답고 웅장하고 장엄했을지 이해가 된다.

비록 관광객들의 이동 동선이 혼잡하여 밀리고 부딪치며 관람을 마쳤지만, 바깥으로 나와서도 한동안 영생불사를 갈망하던 진시황도 죽음으

194

로부터 헤어나질 못한다는 것을 모르고, 끝까지 불로초를 찾아 한반도로 사신을 보내고, 죽어서도 산사람처럼 생을 누리고자 백성들을 곤궁으로 몰아댔는지 안타까움이 남는다.

일설에 진시황은 무덤의 도굴을 피하기 위해 참여했던 사람들을 죽여 버렸다고 하니, 폴란드에 있는 아이슈비츄 수용소의 기원전 편이 아닌가 하는 생각마저 들기도 하였다.

평원의 중심에 황제의 무덤을 인력으로 산처럼 흙을 쌓아 봉분을 만들 었으나, 숲이 울창하여 작은 산처럼 보였다. 전동차로 한 바퀴 도는 관광 코스가 있었으나 멀리서 바라보는 것으로 대체를 하고 인간의 욕망을 생 각하며 다음 장소인 지상사로 향하였다.

서안(西安)은 당나라 시대의 도성 장안(長安)이다.

대륙의 중원은 산물이 풍요로워 관내 토족들의 군웅할거와 이민족들의 침탈로 평화로웠던 시기가 별로 없었지만, 당나라가 수도로 삼으면서 한 동안 인접 국가는 물론 멀리 유럽까지 실크로드가 연결되어 무역이 활발 하게 이루어지고 문화와 문명의 중심지인 국제도시로 거듭나게 된다. 인 도에서 발생한 불교도 티베트를 거쳐 중국대륙에 꽃을 피우고 다시 아시 아 대륙의 곳곳으로 전파되게 되었다. 당과 신라의 연합으로 백제와 고 구려가 멸망하고, 한반도는 신라와 발해라는 남북국시대를 맞이하게 되 지만, 아쉽게도 신라와 발해는 한민족이면서도 교류가 소원하게 되어 각 기 당과의 교류하면서 경쟁의 대상으로 삼았다.

신라의 왕족과 상층부 지식인층은 종교인과 유학생으로 당의 선진문물 을 배우고 익히기 위해 험난한 뱃길에 몸을 맡겨야만 했다. 신라인 장보 고(785~846)는 당에 유학을 갔다가 신라인들이 당의 해적들에게 노략질

당하는 것을 보고 청해진에 진을 세워 당과 신라, 왜를 잇는 해상무역로를 개척하였고, 고운 최치원(857~?)이 유학길에 올라 874년에 빈공과에 급제를 하고 885년에 귀국을 하기도 하였다. 한반도에 화엄종을 최초로 일으킨 의상(義湘, 625~702)은 661년에 원효(元曉, 617~686)와 함께 중국 유학길에 올랐지만, 가던 길에 해골 물의 일화를 통해 알 수 있듯이 원효는 '일체유심조(一切唯心造)'라는 깨달음을 얻고 돌아서지만, 의상은 중국 화엄종의 제조였던 지엄의 문하생으로 들어가 공부를 하고 돌아왔다.

지상사(至相寺)는 멀리 대평원 위에 세워진 장안(서안)이 내려다보이는 종남산 기슭에 세워진 도량이다. 지상사가 위치한 산골 마을은 큰 도로에서 한참이나 들어가야 하는 좁고 가파른 길이라서 특별히 그 동네에서 운영하는 승합차를 타야만 한다. 올라가고 내려가는 차량이 마주치면 한동안 빼고 비키면서 곡예 운전 속에 승강이를 나눠야만 하였다. 골짜기와 산 능선 곳곳에 도교 사원과 불교사원이 혼재하여 신앙의 중심축으로 당나라 시대뿐만 아니라 지금까지 이어져 온 것 같다. 중국인들은 매월 초하루면 사원에 들러 향을 올리는 풍습이 있어 지상사 가는 길이 더욱 혼잡하단다.

당풍(唐風)스런 지상사의 입구에 들어서니 마당에 화엄종의 비조인 두순, 2조 지엄, 3조 법장을 기리는 비가 세워져 있고, 대웅보전으로 올라가는 계단 옆으로 '의상대사화엄수학기념비'가 2007년에 모 대학에서 세운 것을 발견하였다. 기단과 갓은 중국풍이지만 몸체는 오석으로 보령의 돌이 아닐까 하는 반가움이 앞섰다. 대웅전의 삼존불은 여태껏 중국 절에서 보아온 점토로 만든 불상이 아니고 눈에 익숙한 금동 불상이다. 집에 돌아와 사진을 자세히 보니 동 불상이 아니라 점토 불상에 금칠한 것이 아닌가 하는 의구심이 들기도 하였다. 하기야 점토든 금동이든 사물이 중요한 것이 아니라 믿음이 중요한 것이리라. 대웅보전 뒤로 허리둘레가 세 아름이 넘는 수령이 1,500년 되었다는 회화나무가 높은 키를 자랑하고 있었다. 산술적으로 의상대사가 이 절에서 수학하던 시절의 수령이 140살이라고 계산이 되는데, 이 나무는 의상대사가 수도하는 모습을 보았다는 이야기가 된다. 무염도 역시 이 나무의 그늘에서 학업에 지친 마음을 달랬을 것이다.

의상대사가 이 절에서 수학을 한 160여 년 뒤에 무염이 지부산록에 도착하여 종남산 지상사로 찾아왔다. 무염이 당나라에 오기 전에 영주 부석사에서 화엄을 익혔기 때문에 화엄 공부에 실망하고 있을 무렵, 얼굴이 검은 노인(眞鑒慧昭)이 다른 길을 모색해 보라는 권유로 선종 수행에 들어가게 된다. 지상사를 떠나 여러 곳을 다니다가 향산에 있던 불광여만을 만나게 된다.

신라의 화엄과 선종이 이곳 지상사에서 연유되었으니 우리나라 불교계의 성지임에 틀림이 없겠다.

지상사를 답사하고 다시 서안으로 돌아와 회민거리로 나왔다.

중국에 들어온 아랍인들이 중국인들과 결혼해 정착하며 살아온 민족이 회족(후이족)이다. 당나라 시대 종교가 다른 이민족들을 수용하면서 회족들은 장안의 고루와 종루에 가까이 이슬람사원을 세우고 정착하기 시작하였는데, 아편전쟁 당시 170여 만 명이 거주하였다는데 현재는 산서성에 사는 인원이 5만여 명으로 줄어들었다고 한다. 회민거리에는 야시장을 즐기려는 관광객들과 젊은이들로 넘쳐나고 있다. 간단하게 간식을 즐길 수도 있으며, 상품을 구매하기도 한다. 회민거리 끝으로 나오면 종루와 고루가 있는 광장이 나오는데, 관광객과 시민들이 어울려 시안의 밤 풍경을 즐기고 있다. 고루 중앙엔 큰 북을 달고, 사방으로 24절기를 표시하는 작은 북을 달려 있으며, 북을 치는 것으로 성문을 여닫았다고 한다.

장안성은 현존하는 최대의 성벽으로 알려졌는데 당나라 때 도성으로 쌓은 성벽이다. 수도를 낙양으로 옮기면서 대부분의 성벽이 무너지고 폐허가 되었지만, 명나라 때 방어 목적으로 다시 쌓았다고 한다. 높이 12m, 폭 15m로 길이가 13.7km로 1980년 대에 20년에 걸쳐 명나라 성벽을 복원하였다고 한다. 성벽 위에서 마라톤 행사를 하기도 하며, 자전거를 타고 줄기기도 한단다. 성벽은 98개의 성루가 있고, 성 밖으로 해자가 설치되어 적의 침입을 막을 수 있도록 하였다.

서역으로 가는 실크로드의 시작점으로 이민족의 문화와 문명을 수용하고 녹여서 다시 그 힘을 밖으로 내뿜었던 당나라의 힘을, 지금의 정치권 실세들이 갈망하며 서구권 제국과 맞짱뜨는 게 아닌가 생각이 들게한다.

(6) 제6일 차(10월 16일) ; 서안 비림, 인천

비림(碑林)은 원래 공자를 모시던 사당이었다. 그러나 북송 원우 2년(1087년)에 건설된 것으로 지금까지 9백 년의 역사를 지니고 있다. 한나라로부터 근대까지의 비석, 묘지를 4천 개 정도 보존하고 있으며, 서안에서 수집한 비석 1,000여 점을 보유한 박물관으로 운영되고 있다. 글과 그림을 새긴 비석들이 숲처럼 빽빽하여 비림(碑林)이라 불린다.

비림박물관은 무덤의 비석, 공적비, 서예가의 작품이라는 세 가지 중 한 가지 이상 요건을 갖춘 비들을 모아 전시를 하는데, 비림에 보존하고 있는 비각은 시대의 순서가 완전하고 각종 서법이 겸비되어 가치가 높다고 한다.

정문을 들어서면 비림(碑林)이라고 현판을 단 비각이 세워져 있고, 그

안에 기단부과 몸체, 갓머리로 구성된 석대효경(石臺孝經)이 세워져 있다. 이는 당 현종이 자식들에게 효를 행하라고 서를 쓰고 주해를 달아 놓은 비라고 한다. 현종이 황제가 되는 과정에서 얼마나 부모에게 불효를 저질렀으면 이렇게 천년이 가도 지워지지 않을 정도로 후손들에게 유시를 내렸을까 하는 생각이 미친다. 각 전시실마다 파괴되고 손상된 비를 수집하여 질서정연하게 보관 중이었다.

왕희지(王羲之, 303~361), 구양순(歐阳詢, 557~641), 안진경(顔眞卿, 709~785), 조맹부(趙孟頫, 1254~1322) 등 저명한 서예가들의 필체가 한자리에 모여있어 서예를 공부하는 사람들이 탁본해간다고 한다.

전시관에 들어서기 전, 회원들이 모여서 기념촬영을 하려는 찰나, 공원을 관리하는 공안원이 쫓아와 뭐라고 손사래를 친다. 촬영하려고 앞에 플랭카드를 펼쳐 든 것이 이들에게는 정치구호를 내건 시위 현장으로 보였나 보다. 가이드를 통해 시위 문구가 아닌 탐방목적의 플랭카드임을 설명하였으나, 어디론가 무선통신을 나누더니 플랭카드를 접어야 사진 촬영이 가능하다는 말을 전한다.

참으로 무서운 동네다. 공원이든, 도로든, 역사이든 어디에도 눈과 귀가 달려 감시에서 벗어나지 못하는 사회다.

흑묘백묘론으로 시장은 개방됐지만, 아직도 정치적인 발언과 인권적인 요소에서 국민은 자유롭지 못함을 답사를 마무리하는 시점에서도 느낄 수 있었다.

청도공항에서 위해, 연태를 거치고 제남, 곡부를 지나 정주, 낙양을 찍고 화산과 서안까지 산동성, 하남성, 산서성, 섬서성을 거치는 약 3천km를 넘는 기나긴 여정을 버스와 고속열차로 달렸다. 차창 밖으로 보이는 중국의 오늘이 우리보다는 한참 뒤처져 있을 것이라는 내 생각이 잘못되었음을 알게 해 주었다.

대도시는 물론 중소도시에도 빌딩과 아파트가 우후죽순처럼 솟아오르고, 도로와 철도 등 기간산업이 사통팔달로 뚫리며, 많은 공장의 굴뚝에서는 연기가 피어오른다. 광활한 대지는 지평선이 끝없게 펼쳐져 풍부한 농산물의 생산이 가능케 하고, 그것을 바탕으로 역사이래 권력의 쟁탈전이 수시로 일어날 수밖에 없는 필연적 요소로도 보인다.

막강한 권력을 소유하고 강력한 지도력으로 중국을 이끌어가는 정치권 수뇌부들이 앞으로 어떻게 이 대륙을 이끌어 나갈지 궁금하기도 하다.

탈 이농으로 인한 농촌지역 주택의 공동화 현상이 보이고, 대지가 뿌옇게 오염이 되어 수시로 살수 차량으로 도로에 물을 뿌려 대지만 결코 정화되는 것이 아니다.

국민의 의식 수준을 선진화 시키고자 '문명'이란 표어를 강조하지만, 도로를 다니는 오토바이는 헬멧을 대부분 쓰지 않아도 되고, 버스정류장이나 도로, 공원에서 버젓이 담배를 피워도 누가 뭐라 하지 않는다. 공중화장실에 들어서면 냄새가 가득해 들어가기가 망설여지고, 도로에 휴지통은 많이 비치되어 있지만, 효능이 떨어질 뿐이다. 철도역사, 관광공원 등 어디서나 이루어지는 검열검색은 지구상에 이곳뿐일 것이다.

언론과 통신을 통제하여 대륙의 지도자를 비방하는 정치 행위와 운동을 하지 못하게 함은 국가 발전과 통합을 위해 희생되어야 한다는 논리의 우리네 80년대 이전의 상황과도 같으니 아직 중국은 우리 사회와는 격차가 있어 보인다.

역사적으로 중국대륙이 혼란해지면 주변국들이 번성하였고, 대륙이 강력해지면 주변국은 침체기로 들어선 선례가 남아있다.

중국의 미래가 권력자들에 의해 어디로 향하게 될지 차창 밖 넓은 땅을 바라보며 상념의 시간을 가져보기엔 충분한 시간이 되었다.

다. 나가며

팬데믹(Pandemic)으로 중단되었던 '무염국사 공부길 따라 떠나는 답사 (3차)'가 올해 10월 11일(수)부터 16일(월)까지 5박 6일간의 여정을 무사 히 마치게 되어 다행스럽게 생각한다. 객지 생활을 접고 고향에 돌아와 7 년 차가 되는 동안 수시로 성주사지를 방문하여 성주사의 영광을 상상하 고 있던 차에, 보령문화원에서 주최하는 '무염국사 순례길'을 함께하게 되어 무한한 영광으로 받아들여졌다.

이 행사를 위해 수고해 주신 보령문화원의 원장님과 직원들의 노고에 감사를 드리며, 이런 기회를 만들어 주신 보령시청 시장님과 임직원들에 게도 감사를 드린다.

신라시대 우리 지역 성주산 자락에 성주산문을 연 무염은 당에 들어 가 젊음을 불태우며 선종을 배우고 익혀서 본국으로 돌아와 온누리에 자 비를 베푼 스승이다. 그의 행적이 고스란히 최치원의 현란한 사륙변려체 문장으로 찬하고, 최인연(고려 최언위)이 해서체로 글을 쓴 '대낭혜화상 탑비'는 천년세월을 비바람에 버티면서 이 땅을 지켜온 문화유산이면서 신령스러운 보물이다.

이 비는 무염이 성장한 과정, 중국에 유학하여 공부하는 과정, 귀국 후 성주사를 일으키고 불법을 전하는 과정 등이 기록되어 당시의 역사나 언 어를 연구하는 귀중한 자료가 되었다.

이러한 자료 바탕으로 무염이 중국에서의 활동반경과 활동상황을 알 수 있기에 순례길을 기획할 수 있었던 것 같다. 5박 6일의 짧은 시간과 긴 여정으로 무염의 중국 행적 23년간을 모두 담아낸다는 것은, 애당초에 불가능한 일이었을 것이다.

하지만 짧은 시간에도 불구하고 많은 자료를 담아 설명해 주신 문화원장의 도움이 없었다면 이해를 하기에 너무 어려웠을 것으로 생각이 된다.

앞으로 무염의 행적과 성주사지의 역사에 대한 연구가 확대되어 많은 자료가 축적되고, 시민들이 좀 더 친숙하고 가깝게 느껴지도록 스토리텔링화 하는 것에도 관심을 가졌으면 한다.

지역 주민들의 관심과 지자체의 적극적인 지원이 원만하게 이루어져 '무염국사 공부길 따라 떠나는 답사'가 지속적으로 추진되길 바라며 글을 맺는다. (애향 제26집, 보령문화원, 2023, 기고 글)

라. 참고자료

1. '제3회 무염국사 구도길 따라가는 여정' 팜플렛, 보령문화원, 2023.
2. 보령문화 제28집, 사단법인 보령문화연구회, 성주사 무염국사의
   구행법로 답사(신재완), 2019.
3. 백제사회사상사, 노종국, 지식산업사, 2010.
4. 보령의 금석문, 대천문화원, 2010.
5. 푸른나귀 http://lps5017.tistory.com/

4. 함양군 최치원 유적 답사 기행

아침저녁으로 서늘한 기운이 감돌며 장마 끝 무더위가 언제 물러나려나 걱정했는데, 계절은 어김없이 돌아와 하늘이 더욱 높아지고 들판의 벼가 고개 세우길 버거워한다.

보령문화원이 주최하는「우리 고장 역사문화 알기 강좌」에서 가을철에 들어서면서, 경남 함양군에 위치한 남계서원과 일두고택, 고운 최치원 선생의 유적지 답사를 진행한다고 하여 신라 말엽 위대한 학자인 고운 선생과 조선 중기 사림 학파의 거목인 일두 정여창 선생을 평상시 흠모하던 차에 기쁜 마음으로 합류를 하였다.

9월 11일 오전 8시 문화원 주차장에는 회원들이 미리 도착하여 순조롭게 보령문화원장의 인솔하에 남쪽을 향한 출발이 이루어지고 세 시간 정도를 달려 함안에 도착하였다. 함양의 지리는 남쪽으로 지리산과 북서쪽의 덕유산, 북동쪽으로 가야산을 꼭짓점으로 한 역삼각형 모양의 땅으로 높은 산봉우리에 둘러쳐진 마치 못난이 고구마를 세워 놓은 듯한 형태의 지형을 이룬 내륙분지이다. 버스에서 내리자 보령문화원을 방문하여 강좌를 진행하였던 함양문화원 부원장이자 대전대학교 교수인 김윤수 선생이 반기면서 오늘의 답사 가이드 역할을 자청하셨다. 때마침 열린 함양 산삼 축제(9.7~9.12)는 그 기원을 신라시대 최치원이 중국 당나라와 왕래하면서 산삼을 무역 거래품목으로 하던 것으로 삼고 고운 선생을 산삼의 신으로 추앙하고 있다고 한다.

축제장을 벗어나 상림원에 위치한 '문창후최선생신도비(文昌候崔先生

神道碑, 경남 문화재자료 제75호)' 앞에 모였다. 이 비는 1923년에 세운 것으로, 신라 진성여왕 때 천령군(현 함양군) 태수로 부임한 고운 최치원이 지리산으로부터 흘러들어오는 위천의 범람을 막기 위해 제방을 쌓고, 나무를 심어 숲을 조성하여 홍수로부터 백성들을 보호하였다는 공적을 기리기 위해 세웠다고 한다. 조선 시대 실학자인 연암 박지원도 상림원 주변 제방 쌓는 일에 참여하여 다른 지방관리보다도 튼실하게 쌓아 실학을 실생활에 적용하였다고 한다. 신도비 옆으로 근래에 세운듯한 사운정(思雲亭)이란 정자가 고운 선생을 사모하는 함양군민의 마음이 되어 시원한 그늘을 제공한다. 불타는 듯한 꽃무릇의 만개가 산책길을 같이하고, 뿌리가 다른 두 나무가 몸통이 합쳐진, 연리목 두 그루가 오랜 세월 이 땅을 보듬고 사는 이들을 축복하는 듯 서 있는 모습을 보며 함화루(咸化樓)로 발길을 옮긴다.

함화루(경남유형문화재 제258호)는 전면 4칸, 측면 3칸으로 된 2층 누각으로 원래 함양 읍성의 남문이었다는데 일제강점기 개발로 강제철거되어 사라질 형편이었으나 1932년 지역민들에 의해 이곳으로 옮겨서 재건하였다고 한다. 원래 성의 문루였던 것을 이곳으로 옮기면서 많은 변형이 생겨 아쉬워하는 이들이 많다고 하지만, 그래도 지역민에 의해 그렇게라도 존속할 수 있었다는데 더 큰 의미를 두고 싶다. 아래층 기둥을 보면 뒤틀리고 굽은 싸리나무를 사용한 것인지 소박하면서도 수수한 모양과 위층 누각의 하중을 모두 담아내는 견고성이 돋보인다.

몇 년 전 이곳을 방문하였을 때 상림원 입구에 있던 대원군 시절 세운 척화비를 다시 보지 못함을 아쉬워하며 점심시간이 가까워 식당으로 향하였다.

중식을 마치고 함양문화예술관을 지나 최치원 역사공원으로 발길을 하였다. 역사공원은 천년의 숲 상림공원과 연계하여 함양군이 2018년 4월에 준공하였고 함양을 찾는 관광객들에게 선생의 덕과 학문, 애민정신을 기리고자 조성하였다고 한다. 입구에 선생의 동상이 세워져 있고, 좌측으로 선생의 일대기를 벽면에 빼곡하게 구성해 놓은 역사관이 있으며, 우측으로 상림원의 조성역사 흐름에 대하여 전시한 상림관이 배치되어 이야기가 살아 숨 쉬는 문화의 공간으로 활용하고 있다.

계단 위쪽으로 정문인 외삼문이 축조되었으며 안으로 들어서면 중앙에 배치된 고운 기념관에 선생의 영정이 모셔져 있는데, 대체로 근래에 축조된 건물이고 단청이 없어 고색창연한 미는 찾아볼 수 없지만, 그 지역만의 역사를 새롭게 만들어가는 모습이 부럽기만 하다.

함양군은 인구가 37,000여 명으로 보령시보다 군세가 절반에도 미치지 못한다. 보령에는 최치원 선생의 흔적이 너무나 확연한 '대낭혜화상탑비'가 천년 세월 갖은 풍파에도 우뚝 서 있고, 남포의 보리섬에는 선생이 즐겨 찾던 유적지가 남아 있지만, 성주사지 뒤편으로 세워진 '고운 최치원 선생 신도비'에 대하여 지역민으로서 너무 소홀하게 대한 것이 아닌가 하는 생각이 든다. 성주사지 뒤편의 신도비는 함양의 신도비보다 늦은 1974년에 세운 것이지만 전면의 큰 글씨가 고 박정희 대통령의 친필을 각자한 것이고, 이 신도비를 세울 때 주로 경주최씨 문중의 이름들이 많이 기록되어 있기는 하지만, 지역의 기관장 및 유림들의 이름들이 각인되어 있는 것으로 보아 지역민들이 합심하여 최치원 선생을 기리고자 조성한 것으로 보이는 미래의 유적자산이 될 수 있는 조형물이다. 하지만, 관리가 제대로 되지 않아 담장이 녹슬고 계단이 허물어지는 등 관리가 되지 않아 이따금 탑비를 찾는 외지인에게 얼굴을 붉히는 형편이니 함양군민의 최치원 사랑 만들기보다도 뒤처지는 것이 아닐까?

조선시대 서유구(1764~1845)는 최치원 선생이 충청도 홍산(鴻山) 극락사(極樂寺) 뒤편에 묻혔다고 풍산홍씨 홍석주(1774~1842)의 집안에 전해지는「계원필경집」을 통해 주장하였다. 홍산과 성주는 지척이니 고운 선생의 넋이 오가며 1천 년이 넘는 세월이 지난 지금의 신도비와 성주사지를 바라보며 보령시민들의 대접에 서운함을 느끼지 않을지 상념에 빠져들며 남계서원으로 향하였다.

남계서원은 최치원 역사공원에서 동북 방향으로 약 10km 떨어진 수동면 원평리 586-1에 위치하며 2019년 7월 유네스코 세계유산 '한국의 서원'으로 등록된 9곳의 서원 중 한 곳으로 일두 정여창(一蠹 鄭汝昌, 1450~1504)의 학문과 행적을 기리기 위한 서원이다. 서원은 16~17세기 조선 시대 지방 교육의 요람으로 성리학적 가치관을 확립하고, 문묘 종사의 제향을 봉행함으로써 학파의 결집을 도모하였던 사립형태의 교육기관이었다.

이곳의 건축양식은 남서향으로 남강(남계, 灆溪)과 들판을 바라보며 나직한 언덕 위로 정문인 풍영루를 거쳐 유생들의 기숙사인 동재와 서재를 배치하고, 한 단 높은 곳에 유생들이 공부하던 강당인 명성당이 자리하며, 그 뒤 경사지에 사당을 배치한 전학후묘(全學後廟)의 전형적인 한국 서원 건축양식으로 지어졌다.

제향 공간인 사당은 선현의 위패를 모시는 곳으로 정면 3칸, 측면 한 칸 반으로 이루어진 아담한 맞배지붕의 건물로 내벽 정면에 일두 정여창 선생을 모셨고, 서쪽에는 동계 정온 선생을, 동쪽에는 개암 강익 선생의 위패를 모셨다.

강학 공간인 명성당의 현판은 1566년(명종 21)에 남계서원이라는 현판을 내려 소수서원 이래 두 번째로 사액서원이 되었는데 특이하게도 현판이 두 쪽으로 나누어져 걸려있다. 이는 명성당의 정면이 4칸이라서 현판의 중앙배치를 위한 방안이었다고 한다.

가을이 익어가는 명성당 대청마루에 앉아 함양문화원 부원장의 일두 정여창 선생에 대하여 열강을 들을 기회가 있어서 유익하였다. 정여창 선생이 활동하던 조선 중기의 시대적 상황과 선생의 생애에 관한 이야기들로 귀를 세웠으며, 충효 사상의 근원은 유가사상과 도가사상의 기본도리로 형성되어있음과 유학이 현시대에 나아갈 방향을 말하고, 정여창 선생이 자신의 호를 일두(一蠹)로 한 것은 '한 마리의 좀 벌레'라고 자신을 비하하는 듯한 낮은 자세의 마음가짐이었다고 일반적으로 생각하지만, 실제 선생의 뜻은 '선비가 선비 역할을 다 하지 못하면 한 마리의 좀 벌레에 불과하다.'라는 신념으로 자신에게 경각심을 갖고자 하여 붙였다고 한다. 좀 벌레란 남의 것을 아무 노력 없이 뜯어먹는 자를 말한다.

훈구파에게 밀려 향리에 내려온 사림파들은 난세를 피하고 제자들을 키우면서 기회를 잡으려 했던 조선 중기의 학자들이다. 피비린내 나는 정치권력에서 자유롭지 못했던 환경이 성현들을 탄생시킨 아이러니를 이곳에서도 엿보고 가는 것 같다.

강 건너 약 3km 떨어진 개평마을에는 중요민속문화재 제186호로 지정된 일두고택이 있다. 경남지방의 대표적인 전통한옥으로 대지 3천여 평, 12동의 건물로 일두 정여창 선생이 세상을 뜬 뒤인 1570년 후손들에 의해 사대부가의 면모를 갖추어 건축되었으며, 1843년에 현재의 모습으로 다시 조성되었다고 한다.

골목에서 행랑채 사이로 난 솟을대문에 들어서면 누마루가 붙어있는 사랑채가 보인다. 사랑채는 마당에서 1.2m 정도 높이에 기단을 조성하고, 누마루를 높여 통풍과 풍광을 즐길 수 있도록 조성해 놓았다. 외부인이 안채로 들어가는 것을 통제하기 위한 좁은 중문과 별채에서 외부로 나갈 수 있도록 작은 홍예문을 설치한 것이 흥미롭다.

유가(儒家)에서는 조상의 음덕을 받고자 사당과 가묘(假墓)를 집안에 설치하였다고 하며, 고 택지 내에 흐르는 음기(陰氣)가 강하여 양기(陽氣)를 보완하기 위해 한때 정원에 세웠던 남성의 성기 모양의 돌 조각품이 누마루 아래 헛간에 방치되어 있었는데, 음란한 조각품이 아니라 음양학의 관점으로 보학적인 것이기에 원래의 위치에 복원하는 것이 옳다는 생각이 든다.

조선의 성현으로 추앙받는 일두 선생의 후손들은 이곳에 정착해서 만석꾼이 되는 지주가 되었지만, 주민들에게 민심을 얻지 못하고 원망을 사기도 하였다고 한다. 조상을 욕보이게 한다는 속담이 이런 이유에서 나오는구나 하는 상념으로 집안을 둘러보고 누마루 앞 소나무 정원을 나오는데 대하소설 '토지'의 주인공인 서희가 금방이라도 나를 반길듯하여 발걸음이 떨어지지 않는다.

보령지역에도 고운 최치원 선생의 유적이, 일두 선생과 비슷한 시기에 활동하신 토정 이지함 선생의 화암서원이 역사와 전통을 자랑하고 있다. 작은 군세에도 불구하고 문화를 사랑하는 함양군의 유적을 답사하면서 보령지역의 유적과 비교를 해보며 문화를 사랑하는 시민들의 관심과 향토학자들의 연구가 필요하고, 지자체 공무원들의 지원이 필요함을 느끼게 하는 답사였다. (보령문화마당 제25호, 2023, 회원기고 원문)

5. 눈물의 진주 대만 여행

가. 들어가며

새해를 맞이하여 늦깎기로 함께 공부했던 학우들과 3박 4일간의 겨울 여행을 타이완으로 다녀왔다. 타이완은 해방 이후 우리나라와 아주 가까운 우방국으로 많은 도움을 주고받았던 국가였지만, 냉전시대를 종식하고 자유시장경제를 우선시하는 북방정책에 따라 우리가 소련과 중국(중화인민공화국)과의 수교를 맺으면서 한동안 냉랭한 관계를 가졌던 마음 아픈 나라로, 경상남북도와 제주도를 더한 면적을 가진 섬나라이다. 국토 대부분이 산악으로 이루어져 있기에 전국민 2천4백만 명 대부분은 해안가에 형성된 평지에 거주하기에 실제의 인구밀도는 대단히 높을 것으로 추정된다.

타오위안(桃園,도원) 국제공항의 상공에서 바라본 타이완의 첫인상은 곳곳에 유수지가 많이 분포되어 있어 무엇일까 궁금하였다. 화련 여행을 하면서 알게 되었는데, 농경지 주변으로 양어장이 곳곳에 설치되어 양식 사업에 중점을 두고 있는 까닭이었다. 타이완은 이모작이 가능하여 정월 달인 현재 트랙터로 모내기 위한 써레질을 하고 있었고, 농경지 침식을 가져오는 농가 주택이 불법적으로 증가 되어 정부가 골치를 앓고 있다는 사실도 알게 되었다.

나. 여행일정

(1) 제1일 차(01월 04일) ; 중정 기념당, 국립 고궁박물원

시내 중앙에 위치한 장개석(장제스,張介石) 총통을 기념하여 세워진 중정 기념당은 타이완 초대총통으로 추대된 장개석의 사유지를 그의 아들 장경국(장징궈,張經國)에 의해 타이페이 시민들에게 돌려주었다. 이에 시민들은 자발적인 기부를 통하여 공원을 조성하고 장개석 총통을 추모하는 공원으로 만들었다. 그러한 이유로 공원을 출입하는 시민들에게 입장료를 받지 않는다고 하며, 국가로부터 지원을 받지 않기 때문에 필요 운영경비를 조달하기 위해 정문 양쪽으로 국립극장과 콘서트홀을 세워 대관료로 유지한다고 한다.

대지의 총면적이 25만km2로 타이페이 시내에서 규모가 가장 큰 공원으로, 중앙으로 89단의 계단을 올라가 세워진 76m에 이르는 2층 규모의 대리석 건물은 1980년도에 세워졌으며, 남색 지붕과 백색 대리석 벽체와 어울려 웅장함을 보여준다. 기념당 내부에는 장개석 총통의 동상이 중국대륙을 향해 근엄하게 앉아 있는데, 이는 회복해야 할 본토에 대한 갈망을 표하는 것 같다.

장개석 총통은 신해혁명을 주도한 손문(쑨원,孫文)의 후계자로 1928~1949년까지 중국 국민당 정부의 주석을 지냈으며, 1949년 이후에는 타이완의 국민당 정부 주석을 지낸 인물이다.

1926년 중국 북부의 군벌들을 제압하고 중국대륙 전역을 장악하였고, 1937년 중일전쟁이 발발하자 공산당과 협력하여 일본침략군과 함께 싸우기도 하였으나, 1946년 중국국민당과 중국공산당과의 내전이 시작되

어 결국 국민당이 부정과 부패로 인민들의 지지가 공산당 쪽으로 옮겨가자, 1949년 대륙 전체를 모택동(마오쩌뚱,毛澤東)이 이끄는 중국공산당에게 넘겨주게 되었다.

국민당 잔여 부대를 이끌고 상하이를 경유하여 타이완으로 도착한 장개석은 국민당 지도자들과 함께 중화민국을 건국하고 본토를 회복하기 위하여 무던한 힘을 쏟았으나 1975년에 사망을 하면서 꿈을 이루지 못하였다.

타이완으로 정부를 옮겨서도 한동안 세계 제2차대전 승전국으로써의 상임이사국으로 행사를 하였으나, 1979년 미국과 중화인민공화국(중공)과의 핑퐁외교로 국교가 수립되면서 고립무원의 정세가 지금까지 계속되고 있다.

장개석 총통은 국민당을 이끌면서 우리나라의 임시정부에도 많은 도움을 주었으며, 대만으로 물러서면서 대륙에서 가져온 많은 자산과 인력으로 중소기업을 장려하여 크게 번영을 하였고, 우리나라의 한국동란과 박정희 정권의 경제성장에 많은 도움을 주었다. 이는 아마 장총통이나 박대통령이 일본 유학을 한 사실이 있고, 일본군에 근무하였던 공통적인 분모가 있었기에 서로 통하지 않았을까하는 생각이 미치게된다. 타이완의 곳곳마다 작은 규모의 공장들이 산재하여 있는 모습을 보니 그들이 좁은 땅에서 살아남기 위해 얼마나 노력하였는지를 알 수 있을 것 같다.

만약에 한국동란 당시 북한에 의해 낙동강 전선이 무너지고, 바다로 내몰리어 제주도에 대한민국정부가 세워졌더라면 이들만큼이나 생명력을 유지할 수 있었을까 하는 의구심과, 미국에 의한 핵우산과 동맹국 관계가 미국의 실리를 위해 버려진다면 대만과 우리는 무엇을 해야 할 것인가 하는 생각에 미치게도 한다.

중화인민공화국의 시진핑은 타이완의 독립을 절대 용납 못하고 무력도 불사하겠다는 논평을 수시로 내놓고 있지만, 타이완 정부는 본토에서 건너온 국민당 계파와 독립을 원하는 민진당 계파 간의 갈등 또한, 우리의 정세와 엇비슷하다고 볼 수 있겠다. 타이완의 자유광장에 들어서면서 태평양을 향한 중국의 집념에 대항하는 대만인에 대한 잡다한 상념들에 싸이며 부근의 고궁박물원으로 발길을 옮긴다.

본토에서 공산당 정부에 패하여 남쪽으로 이동하던 국민당 정부는 베이징의 고궁박물관에서 소장하였던 즉, 베이징을 중심으로 왕조를 세운 송, 원, 명, 청 4개 황실의 유물들을 상하이로 옮겼다. 그러나 전황이 더욱 혼미해지자 그 유물들을 선박과 항공편으로 타이완으로 옮기면서 국민당 정부도 타이완으로 옮기게 된다.

오천 년 중국역사의 보물과 미술품 69만 점이 이곳으로 모여져 영국의 대영박물관, 프랑스의 루부르박물관 등과 어깨를 겨루는 세계적 박물관으로 자리잡고 있다. 어쩌면 다른 박물관은 남의 나라 유물들을 제국시대에 노략질 등의 부당한 방법으로 획득한 것이지만, 이곳 박물관의 유품들은 중국의 것을 중국인 자신들이 옮겨온 것이니 정당성이 더할 것 같다고 본다.

하기야 모택동도 장개석이 황실의 유물을 타이완으로 옮길 때 유물을 뺏으려 하지 않은 이유가 타이완에 있어도 곧 합병될 것으로 생각하여 저지하지 않았다는 일화도 있다. 중국의 역사를 알기 위해서는 베이징 박물관보다도 더 자료가 많은 이곳을 찾는다고 한다. 하지만 수많은 보물을 한꺼번에 전시할 수 있는 전시공간이 비좁아 수장고에 보관하면서, 테마를 바꾸며 일정 시간을 두고 돌려가면서 전시를 한다고 한다.

우리를 안내한 가이드는 우리나라에서 고등학교를 마치고 이곳의 대학을 마친 화교 2세로 타이완 국적을 취득하여 살아가는 사람으로 한국과 대만의 원만한 관계를 원하는 사람이었다. 한중수교가 가져온 대만의 국제적 위상이 저하된 것과 양안 관계에 따른 불안정한 삶에 고민도 하는 것 같았다.

가이드는 고궁박물원을 관람하려면 몇 날을 보아도 끝이 없을 정도이기에 대체로 중요하고 귀한 작품을 선별하여 우리에게 소개를 해주었다.

취옥백채(翠玉白菜)는 고궁박물관에서 자랑하는 작품으로 백옥과 청옥이 한 몸으로 만나 장인에 의해 배추 한 포기를 형상화한 미술품으로 청아하고 미려한 멋을 자아낸다. 당일에는 외부로 작품대여가 되어 실제의 취옥백체를 보지 못하고 사진으로만 감상한 것이 너무 아쉬웠다. 대신 육형석(肉形石)을 관람하였는데 돼지고기 피부 그대로 내부 지방층, 그리고 고기 살 부분이 실제인 양 형상화되었는데, 어떻게 돌 중에서 이런 형태의 돌을 골라내어 작품을 만들었는지 옛 중국인들의 섬세함이 존경스럽다.

곡옥(曲玉)은 학자에 따라 용(龍)을 형상화한 것이라거나 동물 태아의 모습을 형상화한 것, 또는 곰을 형상화한 것이라는 이견들이 있다. 곡옥의 원류는 대릉하 유역 용산문화층에서 발견되었는데 중국의 학자들은 한족 일부의 원류가 그곳에서 발생하였다고 주장하는 한편, 우리나라 재야사학자들은 고조선 문화에 해당된다면서 한민족의 원류 문명으로 추정하고 있다. 그 곡옥이 중국대륙으로 흘러 들어가 용의 형상으로 바뀌게 되고, 한반도로 들어와 신라 금관 등에 장식품으로 곰이나 새를 형상화한 형태로 변한 것으로 보인다. 그만큼 곡옥에 대한 가치가 대단하고 더욱더 연구가 필요한 것으로 보인다.

옥으로 만든 8폭 병풍은 청 황후가 쓰던 것이라는데 참으로 아름답기 그지없다. 병풍 틀이 무슨 나무를 사용한 것인지는 잊어버렸지만 중국대륙에서도 구하기 힘든 나무라 하였던 것 같다. 옥을 유리처럼 갈아 평탄하게 하여 빛이 은은하게 스며들게 제작을 하였는데 절대권력이 어느 정도여야 이런 작품을 향유 할 수가 있는지 궁금하다. 향로(香爐)는 백제의 향로보다 단순하게 보이는 것으로 보아 그전 시기의 작품인 것 같다.

여인상은 옛 중국인들의 미인에 대한 개념을 알게 해주는데 도톰한 양 볼에 풍만한 몸매를 선호했던 것 같다. 가이드가 중점적으로 선정한 작품이 마지막 상아로 만든 장식품이었는데, 노리개인 것으로 추정되고 한 개의 상아 뿔로 외부와 내부를 조각하여 청아한 소리가 나도록 만들었다고 한다. 좀 더 많은 작품들을 돌아볼 수 있었으면 좋았을텐데 다음 여정 때문에 무거운 발길을 돌려 용산사로 향하였다.

불교와 도교가 공존하는 용산사(龍山寺)는 대만인들 신앙에 중심이 되는 장소로 그들의 종교관을 읽을 수 있었다. 중국인들이 대만에 정착한 것은 17세기 이후로 알려져 있다. 명나라가 멸망하면서 망명객이 늘어 인구가 20만 명에 이르렀고, 1850년 경에는 250만 명까지 이주민이 증가되었다. 1895년 청일전쟁의 패배로 일본의 식민지가 되어 곡물을 생산하는 전초기지로 활성화됨에 따라 1940년도에는 인구가 587만 명에 육박하게 된다. 1945년 제2차 세계대전이 종식되자 일제의 식민지 기간 50년을 끝내고 중국에 귀속되게 되었다. 그 후 국공 내전으로 국민당 정부가 1949년 지지자들과 함께 대만으로 건너오게 되어 현재에 이르러 2,400만 명에 이르게 되었다.

국민의 대부분인 98%가 한족에 속하나 소수민족으로 17세기 이전 어업을 종사하며 해안가에 살던 사람들이 이주민들을 피해 높은 산 속으로 들어가 고산족으로 명맥을 이어가고 있는 이를 원주민(2%)이라 하며, 1949년 장개석과 함께 망명해온 본토인(대륙인, 외성인)들을 제외한 그 이전부터 살아온 이들을 대만인(내성인)이라 분류를 하는 것 같다.

인구의 구성이 위와 같은데, 종교 또한 인구 구성비에 따라 변화가 있는 것 같다. 17세기 포루투칼이나 스페인 들이 들어오면서 기독교가 전파되었을텐데 성당이나 교회는 잘 보이지 않는다. 중국대륙에 있었던 불교(35%)나 도교(33%)가 망명인들과 함께 들어오면서 남방불교와 같이 시내 중심가에 자리하며 대만 사람들의 신앙 중심지가 된 것 같다.

시내 중심지에 자리한 용산사는 사찰이라는 개념보다는 도교 사원이라는 개념이 큰 듯하다. 전면 건물에 관음보살상이 모셔져 있지만, 뒤편에는 도교에서 추앙하는 여러 신들과 함께 한 울타리 안에 기거하여 보살도 일면 도교의 한 뿌리로 생각하는 듯하다. 용산사 입구에 들어서니 화려한 조명 아래 많은 시민들이 기도를 드리려 줄을 섰다. 왼쪽 인공폭포에서 시원하게 물줄기를 쏟아내고, 중국답게 황금 기와지붕 위로 많은 용들이 춤을 추는 듯 위용을 자랑한다. 기둥을 보니 나무 기둥이 아니라 대리석에 살아있는 듯 용들을 조각하여 휘감듯 날아오를 것 같다.

측면으로 안채에 들어서니 우리에게도 익숙한 화타선사(華佗仙師)를 모시는 공간이 보이는데, 주로 의학 관련 시험과 일반 시험을 앞둔 사람들이 기도를 드린다고 한다. 화타는 서기 200년 경 초(譙)나라 사람으로 의술이 뛰어나 신의(神醫)라 불렸는데 도가(道家)에서는 신으로 모셔지는가 보다.

그 옆으로 문창제군(文昌帝君)이 모셔져 있다. 문창제군은 문창성(文昌星)이라는 별자리를 신격화한 인물인데 인간의 행, 불행을 관장하는 신으로 추앙되지만, 이름에서 문(文)자가 들어있기에 과거를 지망하는 사람 또는, 관직에서 승진을 원하는 사람들에게서 추앙을 받는 신으로 추대된다고 한다. 그 옆으로도 각 방마다 모셔지는 신들이 많은데, 바다를 관장하는 신, 관우를 모시는 공간 등 도교의 신들이 주민들의 기도를 받아주고 있었다.

딸그락거리며 바닥에 조그마한 골패를 던지는 사람들을 보았다. 자신이 원하는 바를 담당 신에게 기도를 드리고, 그 원하는 바가 받아들여졌는지를 두 쪽의 작은 윷가락 골패를 던져 같은 방향으로 누어지기를 세 번 연속 이어지면 소원이 받아진 결과로 친단다. 물론 중간에 골패의 방향이 엇갈리면 다시 기도를 드린다고 한다.

중국대륙에 처음으로 통일국가를 이룩하였던 진시황도 불로초를 구하기 위해 도가들의 조언을 받았으며, 중국대륙에서 흥망성쇄를 거쳐 간 많은 권력자들의 불안감, 권력에 의한 시달림과 자연재해에 의한 두려움에 지친 민초들이 의지할 곳은 이상향을 제시하는 도(道)뿐이었으리라. 골패의 엎어지는 방향이 자신의 인생을 바꾸어 주리라는 대만 시민들의 기원이 모두 이루어지기를 바라면서 용산사를 나선다.

(2) 제2일 차(01월 05일) ; 청수단애, 태로협곡, 지우펀, 스펀

대만은 남북으로 길게 한 고구마 모양으로 된 땅으로서 태평양 쪽으로 붙어 중앙산맥이 동고서저(東高西低) 지세로 3천~4천m 봉우리를 이루며 이어져 있다. 타이페이 시내에서 두어 시간 고속도로를 타고 화련으로 가는 길은 마치 우리의 동해안을 스쳐 지나가는 듯하지만 험난함은 더한 길이다. 어쩌면 울릉도의 순환도로를 달리는 듯한데 더 가파르고 높다고나 할까?

중앙산맥이 태평양 쪽으로 급경사를 이루면서 산맥을 따라 터널과 고갯길로 허리를 휘감고 높은 교각의 다리를 건너 강을 지나는 풍광은 절로 탄성을 자아내게 한다. 꽤나 긴 터널을 통과해 나타난 청수단애(淸水斷崖)는 태평양의 높은 파도와 바람에 의해 수 만년 인고의 시간을 가지면서 대만 8경에 선정되는 영광을 안게 되었다.

해안 절벽을 휘감아 돌아가는 주도로 옆으로 청수단애로 내려가는 길목이 나 있는데, 아마 옛길을 다시 산책로로 조성한 모양이다. 차에서 내

려 조금 걸어가니 태평양의 에머랄드 빛 물결에 파도의 흰 포말이 바위에 부딪히는 소리가 환상적이다. 단애 곁으로 멀리 펼쳐진 태평양 상공의 구름이 어우러져 한 폭의 풍경화가 된다.

아침부터 불규칙하게 내리던 비가 갑자기 장맛비처럼 쏟아지니 관광객들의 발걸음이 바빠진다. 아무리 좋은 풍광도 비로 인해 시야가 줄어드니 관광객들 모두가 허둥대며 되돌아가기 바쁘다. 안개에 가려도, 비가 쏟아져도 청수단애의 비경은 제자리에 그대로 있을 터인데 그 나름의 멋과 맛을 음미하지 못하고 서두르는 내 자신이 자연에 비해 초라함을 의식하게 된다.

태로협곡은 하류 부분의 장춘사, 중류 부분의 연자구(燕子口), 상류 부분의 구곡동(九曲洞) 등으로 불리는 석회암층의 깊은 계곡으로, 화련의 명소로 정식명칭은 타이루거 국가공원(太魯閣 國家公園)이다.

태로협곡으로 들어서는 입구의 강은 굵은 돌과 강자갈로 넓게 분포되어 있지만 흐르는 강물의 폭은 좁았다. 중앙산맥이 태평양에 면한 동쪽으로 급경사를 이루기에 빠른 유속으로 쉽게 빠져나가기에 우기에는 많은 유량을 보일 것이나 평소에는 유량이 땅속으로 스며들어 좁은 물길을 가지나 보다.

좁은 2차로의 구불구불한 길을 천천히 운행하는 버스에서 창밖으로 기암괴석 사이로 떨어지는 폭포수에 눈길이 가고, 협곡 사이로 잠시 드러나는 하늘엔 운무가 춤을 추며 감탄사를 자아내게 한다. 바위틈으로 솟구치는 물줄기의 청아한 소리도 덩달아 귀를 맑게 하는 것 같다.

태로협곡 연자구(燕子口)는 가파른 암벽 위로 동굴이 많아 계절에 따라 제비들이 집을 짓고 새끼를 친다고 하여 이름이 붙여졌다. 절벽은 대부분 석회암으로 구성되어 있고, 강물이 흐르는 하부는 대리석으로 지질이 형성된 듯하다.

대리석은 석회암이 높은 온도와 강한 압력으로 성질이 변한 변성암의 일종으로 조각품이나 장식품, 또는 건축자재로 많이 쓰이는 돌이다. 이 곳의 대리석은 살아 움직이는 것처럼 물결무늬를 가지고 꿈틀거린다. 아래를 향해 바윗돌을 굴리는 냇물은 석회암 성분이 녹아 희뿌옇지만 힘이 차고 활력이 넘친다.

석회암의 특성이 연약질 암석이라서 낙하의 위험성이 있기에 많은 관광객들이 안전모를 쓰고 관람하고 있었다. 이 험난한 협곡을 건설하기 위해 국민당 정부는 퇴역 군인들과 죄수들을 동원하여 3년 동안 삽과 곡괭이를 가지고 터널을 뚫고, 길을 넓히는 일을 하였다고 한다. 연약질 암석이라 화약 발파는 엄두를 내지 못하였다. 이러한 상황에서 희생된 인원이 200여 명이 넘었다고 하는데, 이들의 영혼을 기리기 위해 장춘사라는 절을 짓고 위령을 한다고 한다.

우리나라 제주도의 5.16 도로와 태백산맥 준령 고갯길도 박정희 정권 시절에 많은 범죄자들을 국토재건이라는 명목으로 도로공사 현장으로 몰아댔었는데 어찌 이런 개발독재가 대만과 우리나라에서 통하였는지 마음 한편으로 무거움이 드리운다. 그들의 희생이 있었기에 지금의 우리가 편리함에 익숙해져 자연을 즐길 수 있는 것은 아닐까?

봄이 오면 다시 찾아올 제비들의 군무를 상상하며 구곡동으로 발길을 옮긴다.

태로협곡 구곡동(九曲洞) 계곡은 아홉 구비로 물길이 휘돈다고 하여 지어진 이름이다. 버스에서 내려 구곡동에 들어서자 커다란 바윗돌(대리석)에 붉은 글씨로 '태로각국가공원 구곡동'이란 일필휘지로 석각 되어있는데 관광객들이 줄을 서서 기념사진을 찍기에 여념이 없다. 구곡동으로 들어가는 입구에는 흔치 않은 화장실과 관리실이 보인다. 대만은 환태평양 지진지역이라 지진 발생 시에 임시 피난처로도 쓰이는 모양이다.

이곳의 탐방로는 차량의 통행을 금지 시키고 사람들만 통행시키기에 한결 편안함을 준다. 특히나 절벽의 경사도가 직각에 육박해서인지 낙석방지 콘크리트 터널을 절벽에 빗대어 건설해 놓아 조망권과 안전성을 확보해 준다.

대리석 질감이 뚜렷한 바위와 건너편·골짜기로 꿈틀거리며 흘러내리는 폭포수, 그 아래 연못에 넘쳐 흐르기도 하고 구멍을 관통해 밑으로 빠지는 물줄기. 어디에선가 사슴이 나타나 선녀의 날개옷을 물고 달아날 듯 싶다.

과연 대만 절경 중 가장 으뜸으로 뽑는 것이 태로협곡이라더니 헛말은 아닌게로다.

지우펀과 스펀은 타이페이에서 가까운 북쪽 해안가에 위치한 마을이다.

지우펀(九份,구분)은 청나라 시절 아홉 집밖에 없던 외진 마을이라 불리게 된 마을 명이다. 원래 이곳에 금이 난다는 것을 원주민들도 알고 있었으나 일본군이 대만을 점령한 후에 본격적으로 광산 개발이 시작되었다. 일본은 동남아에서 붙잡혀온 포로들을 금광에서 강제노역을 시키기도 하였다고 한다. '70년대 초 폐광이 되고 한동안 마을이 사라지는 지경에 이르렀는데, 영화 촬영지로 각광을 받으면서 찻집, 기념품 가게, 까페들이 들어서면서 대만의 주요 관광지로 변하였다.

좁은 골목길을 통해 언덕을 오르면 일본식의 집들이 어깨를 붙이고, 개점을 한 상인들의 호객 소리가 요란하다. 골목마다 홍등이 걸려있어 저녁나절이면 중국풍을 확연하게 나타낸다지만 이른 아침이라 휘황찬란한 불빛은 상상 속에 그려보고 다시 계단을 오른다.

일제 점령시기 광산철도를 부설하여 철도역이 있던 곳에는 커다란 용수나무가 수염처럼 가지에서 뿌리를 내리고, 비좁은 공간에 금을 채취하여 수레를 밀고 있는 광부를 형상화한 조각품이 수건을 걸치고 힘겹게 버티고 있다.

전망 좋다는 골목 난간에 기대어 바다 쪽을 바라보니 궂은 날씨로 바다를 품은 구름만 보일 뿐이다. 다시 골목을 지나면서 이제야 점포 문을 여는 곳으로 눈길을 주는데 어디선가 아리랑을 연주하는 오카리나 소리가 청랑하게 울려 퍼진다. 테마기행에서도 소문이 난 대만의 명장이 한국인 방문객을 바라보며 호객 연주를 하는 것임에도 어깨춤이 날 것 같다.

폐광으로 몰락해진 광산마을을 특색을 가진 자원화하여 사람들이 모여들도록 조성한 것을 우리의 지자체들도 벤치마킹해서 폐광으로 몰락한 강원도의 산골도 부유한 마을이 되었으면 하는 마음으로 마을을 벗어나며, 영화에 의해선지 유난히 고양이를 모티브로 한 조각품과 벽화들이 보이지만 골목을 누비는 동안 고양이는 한 마리도 보질 못했다.

대만은 우리보다도 15년 정도를 더 일본의 지배를 받았는데, 반일감정은 우리보다 한참 덜한 것 같다. 곳곳에 왜색풍의 요소들이 보이고, 도로를 달리는 차량도 일제 차량이 즐비하다. 일제강점기 일제의 핍박 정도가 서로 달라서였을까? 아니면 대만인 주류를 이루고 있는 본토인의 유입이 해방 이후여서 그런가?

여행 후에 확인해보니 대만인의 일본에 대한 반일감정이 적은 이유 중에 하나는 장개석 총통의 국민당 정부가 들어오면서 본토인에 의한 대만인의 지배가 일제 강점기보다 더 혹독한 독재체재로 정권을 유지한 탓이라고도 한다. 그 이유로 지금에도 본토인들이 지지하는 국민당과 대만인들이 지지하는 민진당 사이에는 갈등의 큰 골을 메우기가 어렵다고 한다.

천등을 날리며 소원을 비는 명소 스펀(十分, 십분)은 일본 점령하에 일본인들이 석탄을 운송하던 정거장과 단선 철길로 이루어진 장소이다. 우리네 옛 정거장 철길 주변으로 송방이라는 가게들이 즐비하게 늘어섰던 것처럼 이곳도 철길을 따라 광부들이 찾던 상점들이 들어섰던 모양이다. 세월이 바뀌어 광부들 대신 관광객이 북적이며, 동남아에서 유행하던 풍등을 날리며 소원을 비는 명소로 탈바꿈을 한 것 같다. 질척거리며 내리는 비에도 불구하고 같이 여행을 한 학우들과 각자의 소원을 붓으로 써서 하늘 높이 날려 보았다.

'친손주와 외손주의 만남을 기다리며…'라고 앞으로 태어날 손주를 기다리는 할애비의 소원을 대만 하늘 높이 올려 보았다.

(3) 제3일 차(01월 06일) ; 야류 지질공원

자연이 빚어낸 진귀한 기암괴석으로 이루어진 야류 지질공원(野柳 地質公園)은 대만의 북부 해안가에 위치하고 있다.

자료에 의하면, 외적 요인으로 파도에 의한 침식과 바람에 의한 풍화작용에 지각운동이 보태지고 수많은 세월이란 시간이 얹어져 오늘날의 희귀한 지질과 경관을 만들어 냈다고 한다. 주차장에서 지질공원 입구로 들어서자 안내판이 설치되어있는데, 바위의 형태에 따라 36개소의 특정 이름을 부여하고 약도로 그 위치를 표시하여 관광객에게 편의를 제공하고 있었다. 사진을 찍어 관람하면서 대조해 보리라고 생각은 했었지만, 해안가에 들어서면서 기암괴석에 매료되어 바위의 이름의 중요성은 잊어버리고 말았다.

에메랄드 바닷빛과 흰 파도가 어우러져 눈길을 빼앗아 버리고, 땅바닥에 박혀 있는 화석과 절리가 발걸음을 멈추게 하였다. 하트 모양과 벌집 모양, 그리고 버섯 모양 등의 괴석들이 가슴을 먹먹하게 한다. 얼마나 많은 시간 속에서 바람과 파도와 지각의 변동으로 예술성이 높은 작품을 만들어 낼 수 있는지, 자연 앞에서 한 백년의 삶도 이어갈 수 없는 우리에게 무언의 메시지를 전해주는 것만 같다.

언젠가는 소피 공주의 가녀린 목도, 여왕의 목도 풍화작용으로 무너질 것이지만, 자연은 또 다른 소피 공주와 여왕을 창조해 나갈 것이다. 후대의 사람들은 오늘날의 야류 지질공원과는 또 다른 야류 지질공원을 감상할 수 있을 것 같다.

마지막으로 여왕의 머리를 관람하고 돌아서는 길에 대만 여행지에서의 아쉬움을 느꼈다.

점심을 먹으며 마신 한잔 술의 탓인지 급한 볼일에 이곳저곳을 살펴보니 처리할 공간이 보이질 않는다. 물론 입장 시에 화장실을 다녀오긴 했지만, 한참을 구경해야 하는 관광지 내에 간이 화장실이 보이지 않음은 관광객에게 불편을 준다. 국내 여행에서는 어느곳에 가던지 간이 화장실이 마련되어 편리하게 이용할 수 있는데, 대만에서는 편의시설이 부족한 것 같다. 그 바람에 장애인들의 이동에 대해 생각해 보고, 경사로 등의 시설도 많이 보완되어야 할 것으로 생각이 들었다.

다. 나가며

학우들과 함께한 3박 4일의 일정으로 대만의 일부분을 답사하고서 대만을 알 수 있다고는 할 수 없을 것이다.

하지만, 살아오면서 책으로 읽고, 뉴스로 듣고, 세계여행기의 대만 편을 보면서 간접적으로 알고 있던 사실들을, 주마간산(走馬看山)으로나마 직접 경험하게 되니 모든 것이 새롭다. 여행을 하면서 개인적으로 느낀점을 두서없이 서술해 본다.

대만의 명동이라는 시먼딩(西門町) 거리에는 젊음이 넘쳐나 활기에 차 있지만, 그 주위에 위치한 수많은 학원가의 불 밝힌 창문은 시먼딩의 젊음을 참아가며 학구열을 높이는 젊은이들로 가득하다. 좁은 땅덩어리임에도 대만의 반도체 산업이 세계적으로 유명한 이유가 이 젊은이들에 의해 이끌어지는 것이 아닌가 생각된다.

좁은 시가지 도로를 효과적으로 이용하기 위해, 건물의 1층 부분을 사람이 통행 할 수 있도록 피로티를 조성해 놓은 것을 보면 그들의 생활 실용성도 대단히 높다고 생각이 된다. 다만 그 필로티로 오르내리는 부분에서의 이동장애자를 배려하는 시설이 미흡한 점은 재고해야 더 좋을 듯하다.

오토바이의 운행이 동남아 지역보다는 적은 것 같지만 차량과 함께 질서를 지키며 신호등 체계에 잘 따르는 것으로 보인다. 가이드에 의하면 신호 점멸등의 시각을 나타내는 시스템도 대만에서 한국으로 넘어간 전자 시스템이란다.

혼잡한 시내 교통흐름에도 치안을 담당하는 경찰이 보이지 않아도 유지되는 것을 볼 때, 대만인의 질서의식 수준 또한 높다고 본다.

대만에도 선거철이 다가오는지 건물에 커다란 플랭카드가 걸쳐있다. 군부독재를 함께 경험한 양국민은 민주화 운동으로 많은 희생을 치른 경험이 있다. 공정한 선거가 대만 민주주의를 발전시키는데 도움이 되었으면 좋겠다.

분단국으로 남아있는 몇 나라 중 한 나라인 우리는 북한의 공세적 위협에 불안해 하며 평화통일을 갈구하지만, 대만은 유엔에서도 인정을 받지 못하고 국력이 강대한 중화인민공화국의 태평양 진출을 위해 무력으로라도 통일시키겠다는 위협을 받는 와중에도 대만인들은 독립을 갈구하고 있지만 요원한 듯하다. 대만인들의 뜻대로 독립된 국가로 태어나길 바란다.

대만의 거리에는 유독 은행 간판이 눈에 많이 들어온다.

그들은 구정 연휴기간에 친지 가족들을 만나거나 장례식 때 망인을 위해 크게 돈을 쓰지만, 허투루 돈을 쓰지 않고 열심히 저축한다고 한다. 그러기에 금융사업이 발달되고 국가경제 활성화에 도움이 된다고 한다.

대만인들을 낮추어 더럽고 게으르다고 표현하기도 하지만 실상은 근면하고 성실하다는 표현이 맞을 것이다. 시내의 건물을 보면 대체로 누추하게 보이는데, 향상 습기가 많아 도색해도 금새 지저분하게 된다고 한다. 그것이 불필요하게 재건축 등을 할 필요성은 기후와 환경적 요인으로 느끼지 않는 모양이다. 높은 층의 발코니에도 철창이 있는 것이 도난방지로 설치한 것인지 궁금하였는데, 태풍의 진로에 향상 비켜나가지 못하여 비산물 방지책으로 설치하였다는데 글쎄다.

호텔에서 이른 아침 주변 마을 골목을 산책하는데, 골목이 상당히 좁아 승용차가 왕래하기엔 비좁았다. 대만에서는 집을 구입할 때 주차장을 별도로 구입하여야 한다고 한다. 주차장 구입비가 만만하지 않아 오토바이가 주요 교통수단일 수밖에 없겠다. 골목길 좁은 공간에도 채소밭을 일구고 화분을 놓아 나무와 꽃을 가꾸는 정서도 보인다.

산책하면서 놀랐던 것은 손수레와 작은 트럭에 돼지고기의 각 부분을 각을 내서 팔고 있었다. 시내를 돌면서 정육점을 보지 못하였는데, 대만에서는 아침을 대부분 노점상에서 음식을 구입하여 간단하게 해결한다고 한다.

여행을 마치며, 시장 경제의 논리에 의한 중화인민공화국과의 수교가 우리와 대만의 관계를 소원하게 한 과거였지만, 일제 강점기부터 지속되어 왔던 동질의 역사적 경험과 교류를 존중하여, 도요다나 세븐일레븐보다 현대차나 삼성 판매점이 대만 거리에서 쉽게 볼 수 있도록, 정부차원의 외교가 못 미치는 곳에 민간차원의 외교가 더욱 필요하다고 본다.